NOVEL

Bayang-Bayang Ambisi

Intrik Kekuasaan, Ambisi Keluarga, dan Pengkhianatan

Dibuat oleh:
Stefani

Terbit:
2025

First Edition, 2025

Published by Self-Published

Sinopsis

“Bayang-Bayang Ambisi" menyuguhkan sebuah epik konflik kekuasaan di balik layar Grup Harsono, perusahaan holding keluarga yang bergerak di sektor properti dan perhotelan dengan nilai bisnis mencapai triliunan rupiah. Novel ini mengungkap perjalanan dua tahun yang penuh dengan ketegangan, ambisi, dan intrik yang menjerat relasi antar anggota keluarga. Dengan gaya penceritaan orang ketiga serba tahu dan alur maju mundur, pembaca diajak menyelami rahasia tergelap, pengkhianatan yang menyakitkan, dan perselingkuhan yang merusak keutuhan keluarga.

Cerita bermula dari pergolakan yang merebak di antara tiga generasi keluarga Harsono. Di pucuk pimpinan, sang patriark yang tengah menghadapi penyakit terminal masih berusaha mempertahankan tahta bisnis meskipun bayang-bayang kematian telah menyelimuti masa depannya. Sementara itu, anak-anaknya yang memiliki karier gemilang terperangkap dalam dilema antara loyalitas kepada keluarga dan ambisi pribadi dalam perebutan posisi CEO. Konflik semakin memuncak ketika muncul sosok putri cerdas, yang tak segan mengungkap ketidakadilan dan berani mengambil risiko untuk mengukir nasibnya sendiri.

Dalam perjalanan cerita, nilai-nilai kekeluargaan diuji oleh taruhan kekuasaan, di mana setiap karakter merepresentasikan ambisi yang mendalam. Sang putri, sebagai simbol keadilan dan keberanian, harus melawan segala rintangan yang datang dari pengkhianatan internal dan konspirasi yang tersembunyi di balik senyum manis para eksekutif senior. Ambisi untuk merebut tahta bisnis menggetarkan setiap sudut istana kekuasaan, mengundang konflik internal yang kian rumit dan mengaburkan batas antara cinta dan dendam.

Dengan setiap lapisan intrik yang terungkap, "Harsono: Bayang-Bayang Ambisi" menghadirkan klimaks yang dramatis namun belum menemukan resolusi akhir. Pembaca diajak menelusuri konflik perebutan kekuasaan yang penuh nuansa misteri, ambisi, dan pengkhianatan, meninggalkan tanda tanya mendalam yang terus menggelayuti benak para penggemar drama keluarga dan bisnis.

DAFTAR ISI

Bab 15

Mahkota Terakhir

Bab 1

Kilas Balik Awal Mula

Di ruang rapat megah di kantor pusat Grup Harsono yang berlokasi di jantung kota Jakarta, ketegangan mulai menyelimuti suasana. Lampu kristal yang tergantung di atas meja bundar memberikan kesan kemewahan, seolah-olah setiap sudut ruangan mengawasi setiap langkah yang akan diambil. Lembaran laporan keuangan tergeletak rapi di tengah meja, dan eksekutif-eksekutif yang hadir tampak serius dalam membahas agenda penting.

Riana Harsono, putri cerdas berusia 42 tahun yang baru kembali dari Harvard Business School, duduk di salah satu kursi paling strategis. Matanya penuh perhitungan dan kewaspadaan, menatap setiap kalimat yang tersaji dalam laporan tersebut. Di antara wajah-wajah ambisius itu, ia bisa merasakan tatapan penuh curiga antara Bima Harsono, anak sulung yang dikenal kejam dan ambisius, dan Farida Harsono, anak kedua dengan kepribadian tegas namun dipenuhi rasa frustasi. Setiap gerakan di ruang tersebut teramat diperhitungkan, seolah-olah ada strategi tersembunyi yang harus diungkap di balik penampilan formal yang menawan.

Ketika dewan direksi melanjutkan pembahasan mengenai ekspansi ke Asia Tenggara, layar proyektor menampilkan berita bisnis utama pada hari itu: *"Grup Harsono Catatkan Pendapatan Triliunan, Patriark Indra Harsono Menyatakan Komitmen Terhadap Ekspansi Asia Tenggara."* Berita ini menjadi pemicu perdebatan internal sekaligus penanda betapa besar ambisi yang membara di balik layar sebuah perusahaan holding keluarga yang telah dibangun dari nol oleh sang patriark.

Masa Kini – Jakarta, Ruang Rapat, 2021

"Saya ingin menekankan bahwa keputusan yang kita ambil hari ini harus didasarkan pada data yang komprehensif dan dilandasi oleh prinsip kehormatan keluarga," suara Indra Harsono, sang patriark, terdengar meskipun ia tidak hadir secara fisik di ruang rapat; kehadirannya melalui teleconference karena kondisi kesehatannya yang makin menipis akibat penyakit terminal. Dalam nada bicara formal dan berat, Indra menyuarakan komitmen untuk mempertahankan integritas warisan keluarganya, meski di tengah dinamika internal yang kian memanas.

Riana menuliskan setiap kata dengan cermat sambil mengerutkan dahi, mengingat betapa ia pernah menyaksikan ayahnya membangun kerajaan bisnis dari nol. Kenangan masa kecil itu kembali menghantui pikirannya, seolah-olah ia ditarik kembali ke masa lalu yang penuh kehangatan dan harapan, sebelum intrik kekuasaan merusak kedamaian keluarga. Saat itu, ia masih polos dan penuh kekaguman terhadap sosok ayahnya, Indra, yang selalu mampu melampaui batas dan menetapkan visi besar untuk masa depan.

"Rekan-rekan, mengingat komitmen ekspansi ini, saya mengusulkan agar kita mempercepat analisis terkait proyek pengembangan properti di kawasan strategis Asia Tenggara. Saya minta laporan komprehensif dari setiap departemen paling lambat akhir pekan ini," ujar Riana dengan tegas, menyambung diskusi yang tengah berlangsung. Kata-katanya disampaikan dalam bahasa formal yang mencerminkan profesionalisme dan tekadnya untuk merebut posisi puncak dalam perusahaan ini.

Di sisi meja, Bima Harsono menyebutkan, "Mengacu pada data terbaru, saya rasa perlu ada peninjauan ulang atas beberapa proyek yang dikerjakan di luar negeri. Strategi kita harus lebih agresif dalam mengamankan pangsa pasar yang ada." Suaranya dingin dan penuh perhitungan, seolah-olah ia selalu siap mengorbankan siapa saja demi mempertahankan kekuasaannya. Farida, yang duduk tak jauh dari Bima, menatap tajam dengan nada yang tidak kalah tegas, "Kita tidak boleh lengah dalam mengawasi setiap langkah, terutama ketika ada indikasi adanya penyimpangan prosedur yang mungkin— atau sudah— terjadi."

Diskusi dalam rapat semakin intens, dengan setiap anggota dewan memberikan pandangan mereka yang berbobot. Di dalam ruangan itu, politik korporat berjalan seiring dengan ambisi pribadi, memunculkan tanya-tanya: apakah loyalitas sejati bisa bertahan di tengah permainan intrik yang begitu kompleks?

Sementara itu, jauh dari hiruk pikuk rapat di Jakarta, di sebuah gedung tertutup di Singapura, Tegar Adi – sepupu Riana yang memiliki pesona menawan dan aura kecerdasan misterius – tengah menghadiri sebuah pertemuan rahasia. Lokasi pertemuan itu dipilih dengan cermat, jauh dari tatapan publik, karena di sana tersimpan rencana pengambilalihan saham keluarga yang belum pernah diketahui oleh semua pihak.

Kilas Balik – Singapura, Taman Botani, 15 Oktober 1998

Pada sore hari yang hangat di tahun 1998, suasana di Taman Botani Singapura dipenuhi oleh aroma segar dan kicauan burung. Di bawah teduhan pepohonan yang rindang, Indra Harsono berdiri tegas sambil menyampaikan visi ambisiusnya kepada para eksekutif muda dan anggota keluarga.

"Hari ini, saya tidak hanya sekedar menetapkan tujuan untuk kita, tetapi saya juga menorehkan sejarah. Saya membayangkan sebuah jaringan properti kelas dunia, yang tidak sekadar sebagai pencapaian bisnis, tetapi sebagai lambang kebanggaan dan kehormatan keluarga Harsono," ujar Indra dengan mata bersinar penuh harapan. Pandangan seriusnya menyapu wajah-wajah muda yang hadir, di antaranya terdapat Riana yang masih menikmati asin manis masa kecilnya, Bima yang tampak haus akan kekuasaan, serta Farida yang mengungkapkan kekuatan dalam sikapnya yang tak terbantahkan.

Suasana di Taman Botani terasa kontras dengan gugatan ambisi yang mulai muncul. Farida dan Bima terlibat dalam perdebatan sengit mengenai arah kebijakan baru yang diusulkan oleh ayah mereka. "Kita harus realistis dengan kondisi pasar internasional," kata Bima dengan nada lantang, jelas-jelas menantang pendapat Farida yang menawarkan pendekatan lebih konservatif. Tak lama kemudian, perdebatan berubah menjadi diskusi mendalam yang menandakan benih-benih konflik internal yang akan mewarnai perjalanan perjalanan mereka.

Di tengah perdebatan, Tegar Adi yang hadir sebagai pendengar, tampak menunjukkan kecerdasan dan ketenangan yang mengundang decak kagum sekaligus kecurigaan. Dengan tatapan yang mengisyaratkan pemahaman mendalam, ia menyimak setiap argumen, seolah mengetahui bahwa malam itu akan menjadi awal dari sebuah intrik yang tak terelakkan.

Kehangatan sore di Taman Botani menjadi saksi bisu dari tekad dan mimpi-mimpi indah yang baru saja terbit di langit karir keluarga Harsono. Kenangan itu, meski tampak damai, sudah berisi tanda-tanda pertarungan kekuasaan di masa depan. Setiap detik yang berlalu menyimpan rahasia yang perlahan akan mengungkap sisi gelap ambisi dan pengkhianatan yang mengintai.

Kembali ke Masa Kini – Jakarta, Ruang Rapat, 2021

Riana, yang terperangkap dalam lamunannya tentang masa lalu yang penuh inspirasi, tiba-tiba kembali ke kenyataan. Dia memandang sekeliling, menyadari bahwa rapat sedang memasuki fase krusial. Seorang anggota dewan baru saja menyampaikan laporan terbaru mengenai proyek properti di Singapura yang mendadak berubah arah. Suasana ketegangan semakin memuncak ketika sebuah pesan misterius tiba melalui ponselnya.

Pesan itu berbunyi singkat namun mengandung peringatan: "Ada pengkhianatan dalam bayang-bayang. Siapkan langkah terbaikmu." Riana merasakan jantungnya berdegup kencang, seolah-olah setiap kata dari pesan tersebut merobek tirai kepercayaan yang telah dibangun selama ini. Ia tahu bahwa di balik rapat ini, ada kekuatan yang berusaha menggeser tatanan kekuasaan yang telah lama terjaga.

Saat rapat berlanjut, Bima mengadakan pertemuan tertutup dengan Arman Prasetyo, advokat keluarga sekaligus penasihat rahasia yang berusia 50 tahun. Di sebuah ruangan samping yang remang-remang, mereka menyusun strategi dengan bahasa yang dingin dan kalkulatif. Dialog mereka berlangsung dengan nada formal namun dipenuhi kode-kode rahasia:

Bima: "Arman, keadaan di ruang rapat menunjukkan adanya gerakan yang tidak kita prediksi. Data dari proyek Singapura buktinya menyimpang. Bagaimana sebaiknya kita amankan posisi kami?"

Arman: "Saya sudah mengumpulkan informasi. Tampaknya ada upaya pengkhianatan internal yang terstruktur dengan rapi. Kita harus segera mengidentifikasi pihak-pihak yang memiliki kepentingan tersembunyi dan memotong alur komunikasi mereka."

Dengan strategi yang telah disepakati, Bima dan Arman berencana mendorong agenda yang bisa mengukuhkan dominasi mereka di dewan direksi. Sementara itu, Riana yang sedari tadi menyimak dengan seksama, merasakan bahwa intrik semakin dalam dan jaring kekuasaan semakin menyempit di sekelilingnya.

Di sisi lain, Farida yang tertekan oleh konflik batin karena skandal perselingkuhan yang menghantam salah satu mitra bisnis mereka, berusaha menenangkan diri dengan menyusun rencana strategis agar skandal tersebut tidak mempengaruhi kepercayaan dewan. Ia mengutarakan kekhawatirannya dengan nada yang lebih kasual di sela-sela percakapan pribadi dengan rekan dekatnya: "Kita harus mulai membersihkan kotoran ini sebelum kebocoran informasi semakin parah. Jika tidak, reputasi keluarga akan hancur."

Konflik internal semakin nyata ketika Riana mencoba mencari titik temu antara keinginan untuk mempertahankan integritas dan realitas politik bisnis yang menggiring siapa saja ke ambang kehancuran. Dengan pandangan penuh tekad, ia menyampaikan kepada dewan, "Saya mengajukan pembentukan tim audit internal terpisah untuk memastikan transparansi dan akuntabilitas dalam setiap proyek. Kekuatan kita tidak hanya terletak pada nilai tukar saham, tetapi juga pada kepercayaan yang kita bangun bersama."

Pernyataan itu menjadi momen krusial di ruang rapat. Di satu sisi, ada mereka yang melihat pembentukan tim audit sebagai upaya pemantulan integritas perusahaan. Di sisi lain, hal tersebut dipersepsikan oleh sebagian sebagai gerakan untuk membuka kelemahan dalam strategi Bima yang telah berakar dari ambisi pribadi. Suasana hening sesaat menyelimuti ruangan, seolah-olah seluruh anggota dewan harus memilih di antara loyalitas dan ambisi pribadi.

Kilas Balik – Jakarta, Kantor Pusat Harsono, 12 Januari 2000

Di ruang kerja yang sederhana namun penuh semangat, tampak Indra Harsono tengah berdiskusi hangat dengan tim manajemennya. Waktu itu, hanya ia yang belum merasakan beban penyakit terminal yang kini menyelimuti hidupnya.

Pada suatu pagi yang cerah, suasana di kantor penuh dengan energi positif dan kepercayaan pada masa depan.

"Kita akan membangun lebih dari sekadar properti, kita akan mewujudkan impian yang melampaui batas. Jadikan setiap proyek sebagai lambang dedikasi kita kepada keluarga dan bangsa," ujar Indra dengan semangat yang menggebu. Di sana, Riana muda yang antusias menyimak setiap kata dengan kekaguman, sementara Bima dan Farida pun tampak saling bertukar pandang—meski dengan emosi yang berbeda.

Saat pertemuan itu berlangsung, perdebatan kecil mulai terjadi di antara anggota tim mengenai arah ekspansi perusahaan. Bima dengan penuh perhitungan menyatakan pentingnya pertumbuhan agresif melalui akuisisi strategis, sedangkan Farida mengusulkan pendekatan yang lebih mengutamakan nilai kepercayaan dan kehormatan. Dialog yang terjadi pada waktu itu, meski terbungkus formalitas, sudah menyisakan bayang-bayang ambisi yang kelak akan menorehkan retakan dalam fondasi perusahaan.

Kembali ke Masa Kini – Jakarta, Ruang Rapat, 2021

Setelah kilas balik yang mendalam, suasana dalam rapat secara perlahan kembali menguat. Riana mulai mengetuk-nekan jarinya di meja, seakan-akan mengumpulkan kekuatan sebelum melangkah lebih jauh. Di tengah perdebatan tentang keabsahan proyek properti di Singapura, seorang anggota dewan menyampaikan temuan penting terkait perubahan arah dalam proyek tersebut. "Data menunjukkan bahwa terjadi pengalihan dana yang tidak dapat dijelaskan. Ini merupakan indikasi adanya intervensi dari dalam," paparnya dengan nada formal yang sangat berhati-hati.

Riana merasakan tekanan yang semakin berat. Ia sadar bahwa setiap keputusan pada rapat ini bukan sekadar tentang strategi bisnis, tetapi juga tentang nasib keluarganya yang kini terjebak dalam pusaran ambisi, intrik, dan pengkhianatan. "Kita harus segera mengadakan penyelidikan mendalam. Tidak ada ruang untuk kompromi ketika integritas perusahaan dipertaruhkan," tegasnya dengan ketenangan yang menakutkan. Namun, di balik kata-kata formal itu, tersimpan keraguan dan rasa sakit pribadi yang ia rasakan sejak lama.

Sementara rapat terus bergulir, sosok Tegar Adi di Singapura pun kembali muncul dalam kilasan ingatan Riana yang tak bisa ia jauhkan. Ingatannya melayang pada momen-momen pribadi di mana ia dan Tegar pernah berbincang santai, berbagi canda dan rahasia yang mendalam di sela-sela gemerlap dunia bisnis. Percakapan itu, meski terbungkus oleh kesan santai dan bahasa kasual, menyimpan aura keintiman yang kini terancam akan terbongkar.

"Riana, kau tahu aku selalu mendukung keputusanmu, apa pun risikonya. Tapi ingat, dalam dunia ini, kepercayaan adalah komoditas yang sangat berharga," ujar Tegar di sebuah kafe kecil di tepi Marina Bay, Singapura. Ia berbicara dengan bahasa yang jauh berbeda dari suaranya di ruang rapat. Suara Tegar yang hangat dan santai sempat membuat Riana terbuai dalam perbincangan singkat itu, meskipun keduanya sadar bahwa hubungan mereka harus tetap tersembunyi dari sorotan publik.

Sementara keraguan dan perasaan campur aduk memenuhi pikiran Riana, pesan misterius yang diterimanya kembali menggema dalam benaknya, seolah-olah menyebutkan bahwa setiap rahasia, setiap intrik, dan setiap ambisi yang tersembunyi akan segera terbongkar. Ia pun menyadari bahwa konflik antara dirinya dan Bima bukanlah sekadar perebutan posisi di meja dewan, melainkan pertarungan antara nilai-nilai yang dahulu pernah dibangun oleh sang patriark dan ambisi tak terkendali yang telah menggerogoti relasi keluarga.

Di akhir rapat, ketika semua anggota dewan mulai meninggalkan ruangan dengan ekspresi yang beragam—mulai dari kecaman, ketidakpuasan, hingga ambisi yang semakin membara—Riana duduk termenung di sebuah sudut ruangan. Dalam keheningan itu, ia membuka kembali pesan misterius di ponselnya dan membacanya berulang kali. Hatinya berdebar, namun pula seakan menemukan kekuatan dari pesan tersebut untuk melangkah ke fase berikutnya dalam pertarungan kekuasaan.

Pengungkapan Hubungan Rahasia

Sesaat sebelum rapat ditutup, Riana menerima telepon dari nomor yang tidak dikenal. Di ujung sana terdengar suara lembut namun penuh keberanian.

"Riana, aku tahu ini saat yang sulit. Tapi ingatlah, kita tidak pernah sendiri dalam menghadapi kegelapan. Kita harus saling mendukung, selamanya," bisik suara Tegar dengan nada pribadi yang jauh dari formalitas rapat.

Riana menelan udara dalam-dalam sebelum merespons dengan suara bergetar: "Tegar, kau tahu betapa sulitnya mempertahankan kepercayaan di antara bayang-bayang ambisi. Tapi aku... aku percaya padamu."

Dalam momen itu, hubungan rahasia antara Riana dan Tegar, yang sejak lama terpendam dan tersembunyi di balik intrik politik korporat, mulai tersingkap. Meski tak terucap secara terang-terangan di depan umum, percakapan singkat itu mengisyaratkan bahwa keduanya memiliki agenda tersendiri yang mungkin akan mengubah perimbangan kekuasaan di Grup Harsono.

Sementara Riana menutup telepon, pandangannya kembali menyapu sekeliling ruang rapat kosong yang kini telah dipenuhi bayang-bayang ambisi dan konflik internal. Dia tahu bahwa hari ini hanyalah awal dari sebuah perjalanan panjang yang penuh lika-liku, di mana intrik, pengkhianatan, dan cinta terlarang akan diuji setiap harinya.

Dengan langkah mantap, Riana bangkit dari kursinya dan melangkah keluar dari ruangan rapat, membawa serta beban rahasia yang baru saja diungkap. Jalan di koridor gedung besar itu terasa sepi namun jauh dari arti damai; setiap langkahnya mengukir takdir yang akan segera mengubah wajah hierarki kekuasaan di Grup Harsono.

Bab 1 ini pun berakhir, meninggalkan pertanyaan besar: Akankah pengkhianatan internal yang terungkap hari ini menandakan awal runtuhnya kekuasaan yang telah lama dipertahankan? Dan bagaimana perjalanan cinta terlarang antara Riana dan Tegar akan mempengaruhi pertarungan antara ambisi pribadi dan nilai-nilai keluarga yang telah lama menjadi landasan Grup Harsono?

Dengan benang merah yang menghubungkan masa kini dan kilas balik masa lalu, cerita "Bayang-Bayang Ambisi" membuka tirai konflik intrik korporat yang penuh teka-teki dan rahasia. Dalam bayang-bayang ambisi, setiap keputusan merupakan cermin dari takdir, dan setiap rahasia siap terurai seiring waktu. Pembaca yang mengikuti cerita ini, terutama para profesional muda dan eksekutif yang menghayati permainan strategis di balik kesuksesan bisnis, akan segera menyadari bahwa pada akhirnya, pertarungan kekuasaan bukan hanya soal angka dan saham, tetapi soal kepercayaan, cinta, dan keberanian untuk melawan arus.

Dengan demikian, minggu yang penuh tantangan di ruang rapat Jakarta menyisakan banyak tanda tanya—tentang ke mana arah perusahaan akan melangkah, siapa yang akan menjadi pemenang dalam pertarungan ini, dan sejauh mana rahasia yang telah tersimpan di dalam hati-keluarga Harsono akan memicu badai baru.

Bab ini menutup dengan gambaran akhir yang menggantung: lampu-lampu ruang rapat yang perlahan redup, meninggalkan kesan bahwa setiap bayangan yang tertuang di dalamnya telah mencatat ambisi yang tak terpuaskan. Setiap langkah, setiap bisikan, dan setiap rahasia yang terungkap akan mengarahkan jalan menuju bab selanjutnya dalam saga epik penuh intrik dan persaingan kekuasaan.

Bab 2
Jejak Rahasia di Balik Layar

Berita bisnis bergemuruh di media: "Grup Harsono Mengumumkan Kerjasama Strategis di Singapura, Dua Tokoh Utama Dikabarkan Mengintai Posisi CEO." Kabar ini datang di tengah-tengah hiruk pikuk dunia korporat, memicu kegelisahan dan spekulasi di antara anggota dewan direksi serta keluarga Harsono sendiri. Di ruang kerjanya yang megah, dengan lantai marmer dan dinding berpola klasik, Riana Harsono duduk termenung sambil menatap layar komputernya. Pesan email yang masuk dengan nada peringatan jelas menyiratkan adanya sabotase internal yang tengah mengganggu proyek ekspansi Asia Tenggara.

Seiring denyut jantungnya yang mulai cepat, Riana mengingat kembali setiap langkah yang diambil dalam beberapa minggu terakhir. Di balik ambisinya yang terpatri untuk membawa Grup Harsono bersaing di pasar global, tersembunyi luka batin dan beban rahasia yang semakin menambah kompleksitas situasi. Ia tahu, di balik kerjasama strategis dengan investor asing, ada kekuatan yang berusaha mengadu domba keutuhan keluarga.

Di ruangan yang sama, teleponnya berdering. Suara lembut namun tegas terdengar dari seberang: "Riana, kamu harus segera datang ke ruang rapat. Aku mendengar kabar bahwa ada pertemuan mendadak dari Dewan Direksi mengenai isu-isu internal yang semakin mencuat." Itu adalah suara Arman Prasetyo, sang advokat keluarga yang selama ini menjadi penasihat rahasia namun kini sikapnya mulai berubah.

Dengan langkah mantap, Riana menyusun pikiran dan keluar menuju ruang rapat. Di koridor-koridor gedung megah Grup Harsono, bayangan ambisi dan ketegangan terasa semakin pekat. Di setiap sudut, bisik-bisik tentang konflik internal terdengar jelas, seolah-olah setiap dinding menyimpan rahasia duka.

— *Riana (dalam hati): Aku harus waspada. Ada siapa saja yang ingin menjatuhkanku dan mencemari nama baik keluarga? Aku harus memastikan bahwa setiap gerakan sabotase ini tidak akan menghancurkan semua yang telah kubangun selama ini,* pikirnya.

Di ruang rapat yang dipenuhi oleh para anggota dewan direksi, ketegangan mencapai puncaknya. Terlihat Bima Harsono, anak sulung yang dikenal kejam dan ambisius, bersama Farida Harsono, anak kedua yang tegas namun dibayangi rasa iri dan luka batin masa lalu, tengah berbincang dengan nada yang seolah menyembunyikan rahasia.

Bima: "Farida, kita harus paham betul, posisi kita di dewan ini bukan soal kebetulan. Setiap langkah yang kita ambil harus diatur agar kita dapat mempertahankan kekuasaan, apapun konsekuensinya."

Farida: "Aku tahu, Bima. Namun, setiap strategi yang kamu rancang selalu membawaku berpikir ulang. Aku ingin memastikan bahwa strategi ini tak hanya menguntungkan dirimu, tapi juga bagi kelangsungan nama baik keluarga.

Jangan sekali-kali lupakan bahwa pertarungan ini bukan hanya tentang kita, tapi tentang kehormatan Harsono."

Dialog mereka seakan menjadi pembuka tirai bagi konflik internal yang sudah lama terpendam. Sementara itu, Riana yang mendengarkan dari ujung ruangan menyadari bahwa ada persekongkolan tersembunyi. Motif pribadi Bima yang haus kekuasaan dan rasa frustasi Farida atas bayang-bayang kesuksesan saudara perempuannya, menyatu dalam rencana licik mendekati posisi tertinggi di perusahaan.

Ketika rapat pun berlangsung, Arman Prasetyo mulai mengungkapkan informasi mengejutkan kepada para dewan. Suaranya yang selama ini terkesan netral kini berubah menjadi nada ancaman yang dingin.

Arman: "Kami telah menerima laporan bahwa dokumen-dokumen rahasia mengenai perjanjian kerjasama strategis dengan investor asing telah bocor ke media. Hal ini tidak hanya mengguncang kepercayaan investor, tetapi juga memunculkan pertanyaan serius mengenai pengelolaan internal. Saya menduga ada pihak internal yang menginginkan ketidakstabilan demi keuntungan pribadi."

Suasana pun semakin tegang seakan ruangan itu berubah menjadi medan pertempuran yang penuh intrik dan pertanyaan tanpa jawaban. Riana menyadari bahwa karir dan reputasi keluarganya berada di ujung tanduk. Namun, di tengah kegelapan yang mengancam, hatinya terpaut pada satu rahasia yang sangat personal. Hubungan terlarang dengan Tegar Adi, sepupu yang menawan dan berwajah misterius, terus menghantui pikirannya.

[Masa Kini – 70%] Saat rapat usai dan para anggota mulai bubar, Riana melangkah keluar dengan perasaan campur aduk

antara kemarahan, kebimbangan, dan ketakutan. Di koridor yang lengang, ponselnya kembali berdering. Suara Tegar yang lembut namun penuh keraguan segera menyapa.

Tegar: "Riana, aku tahu ini mungkin bukan waktu yang tepat, tapi aku merasa ada sesuatu yang sangat salah. Aku baru saja mendengar bahwa ada upaya sabotase internal yang lebih dalam daripada yang kita duga."

Riana: "Tegar, setiap detik aku merasa ini semakin berat bagiku. Tidak hanya harus menghadapi intrik di direksi, tapi juga harus menyembunyikan hubungan kita yang bisa menghancurkan segalanya jika tersebar secara luas."

Tegar: "Aku mengerti risiko besar yang kita hadapi. Namun, apakah kamu yakin kau bisa menangani dua pertempuran sekaligus? Bisnis dan cinta."

Riana: "Aku terjebak di antara kekuatan besar. Di satu sisi, ada kepentingan keluarga dan bisnis yang harus kugarda, dan di sisi lain, ada hatiku yang terus memanggil namamu. Aku tak pernah menginginkan ini terjadi, namun keadaan memaksa."

Percakapan itu menggema di lorong-lorong sunyi, seolah menjadi penanda bahwa kehadiran Tegar semakin meresap ke inti perjuangan Riana untuk mempertahankan kekuasaan. Tidak lama kemudian, ia tiba di sebuah ruangan privat tempatnya merenung tentang segala kemungkinan.

[Kilas Balik – 30%] Riana teringat dengan jelas pada pertemuan pertamanya bersama Tegar di Singapura. Saat itu, suasana acara keluarga di Singapura menyuguhkan pemandangan yang memukau, dengan langit senja yang menyala jingga dan deretan hotel mewah yang menjadi latar belakang.

"Ingatkah kamu momen itu, Riana?" Tegar bertanya sambil menatap matanya dengan tatapan penuh arti.

"Aku tidak akan pernah melupakannya," jawab Riana dengan suara lirih saat angin malam yang sejuk mengelus pipinya. Mereka duduk di teras sebuah restoran bintang lima, di mana canda dan tawa mengisi malam. Dengan santai, Tegar mulai bercerita tentang mimpinya yang besar, tentang keinginan untuk menembus batas-batas yang selama ini mengurungnya dalam bayang-bayang masa lalu.

"Aku merasa ada dunia yang jauh lebih besar dari apa yang kita lihat setiap hari. Dunia yang menunggu untuk kita bagi bersama," ujar Tegar sambil mencubit tangannya, seakan mengeluarkan tekad yang selama ini tersembunyi.

Riana yang mendapat keberanian dari kata-kata Tegar pun tersenyum kecil, mengakui bahwa di balik setiap senyuman dan tawa, tersimpan janji akan masa depan yang lebih cerah meski penuh risiko. Namun, tanpa displacement yang disadari keduanya, benih-benih cinta yang terlarang itu mulai menumbuhkan kehangatan dalam hati Riana, sebuah perasaan yang seolah mengalahkan segala intrik dan kekacauan di sekitarnya.

Waktu kilas balik itu membawa nuansa foreshadowing yang mendalam—saat di balik tawa dan canda terdapat pertanda bahwa ikatan mereka akan diuji oleh badai pengkhianatan dan kebohongan yang menyelimuti Grup Harsono.

Kembali ke masa kini, Riana menyadari bahwa rahasia tersebut semakin memperumit situasi. Di ruang kerjanya, ia membuka kembali file-file penting terkait kerjasama strategis yang diumumkan. Namun, ketika matanya melirik deretan data yang tersaji, ia mendapati anomali yang sulit dijelaskan.

Terdapat satu dokumen perjanjian yang telah diubah secara diam-diam—sebuah petunjuk jelas mengenai sabotase internal yang bekerja sama dengan kepentingan pribadi tersembunyi.

Riana: "Ini sama sekali tidak masuk akal. Bagaimana mungkin seseorang yang berada di dalam dewan bisa memiliki akses sedemikian rupa ke dokumen rahasia perusahaan?"

Ketika ia merenungkan kata-kata itu, pintu kantornya terbuka perlahan dan Farida melangkah masuk dengan wajah yang tampak gelisah.

Farida: "Kak, aku mendengar dari beberapa sumber bahwa dokumen penting itu bocor ke media. Apakah kamu sudah tahu, ataukah kau baru mendengarnya sekarang?"

Riana: "Aku sedang mencarinya. Ada sesuatu yang aneh tentang data ini. Aku harus mengungkap siapa dalangnya sebelum hal ini menjatuhkan seluruh struktur kekuatan kita."

Kedua wanita itu menyadari bahwa tantangan yang dihadapi tidak hanya berasal dari kekuatan eksternal, tetapi juga dari pengkhianatan yang datang dari dalam keluarga. Sementara itu, Bima yang tengah merencanakan langkah selanjutnya bersama Farida, melakukan pendekatan ke dewan dengan strategi yang dipoles dari keinginan pribadi masing-masing. Setiap kata-kata yang diucapkan di ruang rapat itu mengandung lapisan rahasia dan pertimbangan strategis yang menghantarkan mereka ke titik kritis.

Bima (dengan nada mendesak): "Farida, bila kita bisa menekan posisi Riana dengan bukti-bukti ini, maka peluang kita untuk merebut kendali pada puncak perusahaan semakin besar. Namun, kita harus bersikap hati-hati. Satu kesalahan saja sudah cukup untuk menutup semua harapan."

Farida (dengan raut marah yang tersembunyi di balik kesopanan): "Aku juga memiliki alasan pribadi untuk tidak membiarkan Riana terlalu dominan. Aku tahu akibat yang akan datang jika ia terus melangkah tanpa batas. Kita harus membuat demo dari setiap rahasia yang ada. Bukti itu adalah senjata."

Diskusi antara Bima dan Farida itu berlangsung dengan intens, memercikkan bara kepercayaan bahwa pengkhianatan telah lama terbenam. Sementara Arman Prasetyo yang duduk di pojok ruangan memperhatikan dengan mata penuh perhitungan, rencana untuk menjatuhkan pendirian Riana pun semakin terwujud.

Di luar ruangan rapat, suasana malam menyelimuti gedung pusat Grup Harsono. Angin malam yang dingin membawa kabar yang tidak diundang semakin menyebarkan kecemasan di setiap sudut perusahaan. Riana, yang kini telah mengunci ruang kerjanya, duduk termenung sambil memikirkan bagaimana setiap intrik akan berdampak domino pada kehidupan mereka semua. Ia paham, suatu tindakan pedahan bisa menimbulkan reaksi berantai yang tak terhindarkan: reputasi, kepercayaan investor, bahkan kelangsungan keluarga Harsono.

[Masa Kini – 70%] Malam itu, di ruang rapat rahasia yang hanya diakses oleh beberapa anggota senior, tiba-tiba lampu padam sejenak. Dalam keheningan yang mencekam, layar komputer menyala kembali dan menampilkan potongan-potongan dokumen rahasia yang telah dibocorkan. Semburat nama-nama dan angka-angka dalam kontrak mengindikasikan bahwa kerjasama strategis dengan Singapura tidak seperti yang terpampang di depan publik.

Anggota Dewan (dengan nada cemas): "Ini adalah pukulan yang sangat berat. Bukti-bukti ini mengindikasikan manipulasi internal yang telah berlangsung lama. Kita harus mencari tahu dari mana asal kebocoran ini segera."

Di tengah kehebohan itu, Arman Prasetyo berdiri dengan tenang namun penuh perhitungan, matanya menyapu ruangan seakan membaca pikiran setiap orang yang hadir.

Arman: "Kami masih memiliki kendali. Namun, jika informasi ini tersebar lebih luas, dampaknya akan menghancurkan pondasi kepercayaan. Aku sarankan kita hentikan komunikasi eksternal dan segera melakukan audit internal."

Dengan langkah yang semakin mendesak, Riana menyadari bahwa waktu tidak lagi berpihak padanya. Ia harus segera mengumpulkan bukti-bukti yang cukup untuk membongkar pengkhianatan ini. Sementara itu, pikirannya terus melayang pada bayangan Tegar yang selalu hadir sebagai oase di tengah kekacauan.

Tak lama setelah rapat itu usai, Riana bertemu dengan Tegar di lorong privat gedung. Hening sejenak menyelimuti mereka sebelum akhirnya Tegar berbicara dengan nada yang hampir terbawa air mata.

Tegar: "Aku tahu tekanan ini menghimpitmu, Riana. Tapi ingatlah bahwa kita harus tetap berpegang pada apa yang benar, meski jalan yang kita tempuh sangat berliku."

Riana (menunduk, suaranya pelan): "Tegar, entah bagaimana aku bisa memisahkan antara urusan bisnis dan perasaan ini. Setiap waktu aku merasa dilempar ke dalam badai pengkhianatan. Aku mencintaimu, namun di balik itu semua, loyalitasku pada keluarga dan integritas perusahaan juga harus kukutamakan."

Suasana dipenuhi dengan kegetiran dan kepasrahan dalam nada mereka—dua jiwa yang terikat oleh rahasia, namun juga terjebak oleh beban ambisi dan pengkhianatan. Di luar, suara hujan mulai mengguyur, menambah dramatisnya momen perih antara pertemuan itu.

[Kilas Balik – 30%] Saat mengingat kembali pertemuan mereka di Singapura, Riana terbayang adegan ketika Tegar dengan lembut mendekatkan tangan ke tangannya di tengah keramaian pesta keluarga. Suasana malam itu penuh dengan cahaya lampu dan aroma bunga eksotik. Mereka tertawa tanpa beban, seolah menyadari bahwa dunia yang lebih besar menanti di luar batas konvensi.

"Riana, di sini aku merasa bebas untuk menjadi diriku sendiri. Aku tak peduli jika dunia menghakimi. Yang penting, kita bersama mengecap mimpi," ujar Tegar dengan mata yang berbinar. Saat itulah, sebuah perasaan mendalam tumbuh dalam hati Riana—sebuah perasaan yang sekaligus membawa kehangatan dan kepedihan.

Namun, waktu itu juga menyimpan pertanda bahwa kebahagiaan yang mereka rasakan hanyalah sebuah bayangan yang rapuh. Kebersamaan itu seolah menandai awal dari konflik yang akan datang, sebuah dinamika emosional yang tak terhindarkan ketika ambisi dan rahasia bertabrakan.

Kembali ke kenyataan masa kini, Riana menyimpan dokumen rahasia di brankas pribadinya sambil menatap cermin dengan tatapan penuh determinasi. Ia tahu bahwa keputusan yang akan diambilnya bukan hanya soal mempertahankan karir, melainkan juga tentang menjaga kehormatan keluarga Harsono. Dengan perasaan campur aduk, ia berkata pada dirinya sendiri,

"Aku harus mencari tahu siapa dalang di balik kebocoran ini. Jika kepercayaan investor dan stabilitas perusahaan hancur, maka warisan yang dibangun ayahku dan upaya kita semua akan lenyap dalam sekejap."

Sementara itu, di pojok ruangan kantor Bima, suasana berbeda tersaji. Ia tengah duduk bersama seorang konsultan rahasia yang memberitahukan langkah-langkah strategis yang harus diambil untuk memanfaatkan situasi ini. Suara konsultannya, yang terdengar lirih tapi penuh perhitungan, menyuarakan bahwa setiap gerakan politik internal telah disiapkan dengan matang.

Konsultan: "Bima, dengan membocorkan informasi yang kita kendalikan tersebut, kita dapat mendapatkan posisi tawar yang semakin kuat. Tapi ingat, setiap langkah ini harus tanpa cela. Jika Riana mulai mencurigai adanya manipulasi, hal ini bisa berbalik merugikan kita."

Bima (tersenyum tipis): "Aku yakin dengan strategi ini. Setiap rintihan yang disembunyikan di balik senyum Riana akan segera menjadi milik kita. Dan jangan lupa, Farida sudah menyiapkan beberapa bukti yang cukup untuk melemahkan argumennya."

Dialog yang berlangsung antara Bima dan konsultan itu menggambarkan betapa dalamnya intrik kekuasaan di dalam Grup Harsono. Di balik kemegahan dan keanggunan perusahaan, pertarungan untuk merebut kendali puncak telah memicu konflik yang tak terelakkan.

Sore menjelang malam, saat kota mulai redup oleh lampu-lampu jalan, keadaan di kantor pusat semakin memanas. Dokumen-dokumen rahasia yang bocor ke media telah menciptakan dampak domino bagi semua karakter. Investor mulai mundur, menuntut pertanggungjawaban, dan dewan direksi pun semakin terpecah antara loyalitas pribadi dan kesetiaan kepada keluarga.

Di tengah kekacauan itu, seorang kurir misterius memasuki ruang penyimpanan dokumen. Dengan tangannya yang cepat dan gerakan yang licin, ia mengambil setumpuk dokumen penting, lalu pergi tanpa meninggalkan jejak. Insiden ini menjadi titik balik yang memicu kecaman dari berbagai pihak dan mengakibatkan penurunan harga saham Grup Harsono secara signifikan.

Seorang Analis Keuangan (melalui siaran langsung): "Kebocoran dokumen rahasia ini merupakan pukulan berat bagi Grup Harsono. Dampak domino yang terjadi bisa mempengaruhi kepercayaan pasar hingga ke investor internasional."

Sementara itu, di ruang pribadi Riana, diiringi oleh getaran hujan yang menambah dramatis suasana, ia membaca sebuah pesan singkat yang datang dari seorang informan tak dikenal. Pesan itu hanya berisi kalimat singkat: "Lihatlah ke dalam bayangan, rahasia itu adalah kunci." Kata-kata itu menggema dalam pikirannya, mengingatkan setiap aspek baik hubungan pribadinya maupun intrik internal yang mengancam keberlangsungan kekuasaan keluarganya.

Dalam pertemuan-pertemuan rahasia yang berlangsung di ruang-ruang terlindung istana korporat, Riana pun mulai merancang langkah-langkah strategis untuk menyelidiki siapa yang berada di balik kebocoran tersebut. Ia bertekad untuk mengumpulkan bukti-bukti yang cukup, meski harus melawan arus pengkhianatan yang datang dari dalam organisasinya sendiri.

Riana (dengan suara tegas saat berbicara dengan seorang kepercayaannya): "Kita harus menemukan pelakunya sebelum sinar mentari pagi datang. Seluruh keluarga Harsono harus tahu bahwa aku tidak akan membiarkan ini terjadi. Integritas dan kehormatan kita harus dijaga, walaupun harus melawan arus."

Dalam perbincangan itu, keuntungan politik dan konflik emosional harus disatukan dalam upaya mempertahankan nama baik Grup Harsono. Sementara Bima dan Farida semakin memantapkan rencana mereka, Arman Prasetyo yang dulunya dipercaya sebagai penasihat setia, kini menunjukkan tanda-tanda membelot. Rahasia mengenai ambisi pribadinya mulai tersingkap ketika ia dengan licik menawarkan solusi yang lebih menguntungkan bagi investor asing, sehingga menambah lapisan kerumitan dalam perjuangan internal.

Suasana malam semakin larut, dan hujan yang deras mulai meredup. Riana berjalan melewati lorong-lorong megah gedung, matanya menyapu setiap bayangan yang menampakkan kesan konspirasi. Di tengah perjalanan itu, ia terpaku pada sebuah foto lama yang terpajang di dinding—potret ayahnya, Indra Harsono, yang kini menghadapi penyakit terminal namun kala itu memancarkan aura kekuatan dan kehormatan. Foto itu mengingatkannya bahwa pada akhirnya, esensi perjuangan bukan hanya soal merebut kekuasaan semata, melainkan tentang menjaga nilai-nilai keluarga yang telah diwariskan selama beberapa generasi.

Saat pagi menyingsing dengan secercah cahaya keemasan, segala hiruk-pikuk malam itu mulai memudar, namun bekas luka intrik dan konflik masih terasa. Riana membuka emailnya sekali lagi; kali ini, sebuah pesan balasan yang misterius muncul dari sebuah alamat yang tidak dikenal. Pesan tersebut mengandung petunjuk tambahan, seolah-olah menantang dirinya untuk mengungkap lebih dalam rahasia yang mengancam tatanan Grup Harsono.

Pesan Email: "Rahasia adalah bayangan yang tak pernah padam. Jangan percaya pada yang terlihat, carilah kebenaran di balik tabir gelap."

Dengan pesan itu menggema di benaknya, Riana pun memutuskan untuk mengadakan pertemuan rahasia kecil bersama para sekutu terdekatnya. Di sebuah ruangan privat yang terletak di lantai paling atas gedung, ia mengumpulkan beberapa anggota inti—orang-orang yang dipercayainya untuk menjalankan misi penyelidikan internal.

Riana (dengan tegas): "Kita tidak punya banyak waktu. Informasi yang bocor ini sudah menimbulkan reaksi berantai. Aku ingin setiap dari kalian mendalami apapun yang mencurigakan. Mulai dari sistem keamanan, data internal, hingga jejak aktivitas yang keluar dari kebijakan resmi. Kita harus rapatkan langkah agar tidak ada satu pun inci data yang tersisa bagi musuh-musuh kita."

Dalam dialog yang berlangsung dengan intens, para anggota tim mulai menyampaikan laporan-laporan kecil yang menunjukkan adanya anomali. Suara-suara mereka, yang terselip antara bisikan dan penegasan, membentuk simfoni rahasia yang perlahan-lahan membongkar rahasia kelam di balik layar.

Salah Satu Anggota Tim: "Bu Riana, dari sistem IT kami tampak ada jejak masuk yang mencurigakan. Sepertinya ada seseorang yang memiliki akses tanpa izin di malam-malam terakhir ini."

Riana: "Catat segala detailnya. Kita harus mengetahui motif dan siapa sebenarnya yang mencoba merusak integritas perusahaan ini."

Sementara itu, pertemuan yang berlangsung dengan nada tegang tersebut mengandung 40% dialog yang jernih dan 60% narasi deskriptif yang mendalam. Setiap kata yang diucapkan menambah lapisan misteri dan mempertegas bahwa konflik internal bukanlah sekedar persaingan biasa. Ada agenda tersembunyi yang terjalin antara ambisi kekuasaan dan luka emosional yang sulit tersembuhkan.

Dalam keheningan subuh, Riana akhirnya menyadari bahwa keputusan-keputusan yang akan diambilnya tidak hanya mempengaruhi nasib perusahaan, tetapi juga menyentuh setiap jiwa yang terlibat—terutama dirinya dan Tegar. Di luar jendela, langit mulai cerah, namun bayangan rahasia masih menyelimuti setiap sudut hati yang telah diderita oleh pengkhianatan dan ambisi.

Dengan tekad bulat, Riana menutup mata sejenak, mengumpulkan seluruh kekuatan batinnya, dan bersumpah pada dirinya sendiri bahwa ia tidak akan membiarkan satu pun rahasia itu menguasai masa depannya. Dalam diam, ia merencanakan langkah-langkah strategis selanjutnya—langkah yang akan mengungkap konspirasi internal hingga ke akar-akarnya.

Di sisi lain gedung, Bima dan Farida pun menatap layar smartphone masing-masing, memonitor reaksi pasar dan obrolan para investor. Bima, dengan senyum tipis di wajahnya, berbisik:

Bima: "Kita sudah mengatur panggung dengan sangat rapi. Ini akan menjadi pertunjukan yang tak terlupakan bagi mereka yang mengira kekuasaan akan selalu berpihak pada yang benar—padahal, kebenaran itu rela ditawar."

Farida, yang mendengarkan dengan mata yang berkilau penuh rencana kejam, menambahkan:

Farida: "Aku hanya ingin agar keadilan di perusahaan ini tidak lagi mengorbankan kehormatan kita. Jika Riana benar-benar pantas mendapatkan segalanya, maka biarlah kebenaran terbukti. Namun, jika tidak, kita akan pastikan bahwa nama Harsono tidak akan ternoda oleh ambisi yang menyimpang."

Begitulah malam itu berakhir, dengan setiap karakter terperangkap dalam jaring ambisi, cinta terlarang, dan intrik internal yang semakin kompleks. Kebocoran dokumen rahasia telah menciptakan dampak domino yang menyentuh setiap sudut, tidak hanya mempengaruhi posisi strategis di perusahaan tetapi juga meruntuhkan hubungan personal yang selama ini terjaga dengan rapat.

Seiring dengan fajar yang perlahan menyingsing, setiap jiwa dalam Grup Harsono harus menghadapi kenyataan pahit: bahwa dalam keusangan senyum dan canda, tersembunyi keinginan untuk mendapatkan kendali, serta luka yang tak terobati oleh waktu. Riana, dengan segala keberaniannya, akan terus mempertaruhkan integritas keluarga dan cinta terlarangnya, meski harus melawan arus intrik yang semakin mendalam.

Di bawah langit pagi yang mulai cerah, tekad Riana pun semakin menguat. Ia tahu bahwa babak baru dalam permainan kekuasaan tengah dimulai, dan setiap langkah tak terduga bisa menjadi kunci menuju kemenangan ataupun kehancuran bagi

Grup Harsono. Namun, di balik setiap rencana rahasia dan pengkhianatan yang berlapis, satu hal tetap pasti: ambisi dan cinta yang terlarang itu akan terus menyala, mengarahkan setiap nasib yang terhelat dalam bayang-bayang ambisi.

Dengan begitu, Bab 2: Jejak Rahasia di Balik Layar ditutup dengan pertanyaan besar yang menggantung di udara: Akankah Riana mampu menyingkap rahasia dan menghentikan sabotase internal yang tengah meracuni perusahaan, atau justru ini akan menjadi awal dari keruntuhan keluarga Harsono yang pernah begitu kuat? Sejarah, seperti bayang-bayang yang tak terhapuskan, menunggu untuk ditulis ulang dalam babak-babak berikutnya.

Bab 3

Bayang-Bayang Pengkhianatan

Di pusat kota Jakarta, gedung-gedung bertingkat mengawasi seolah mereka menyaksikan rahasia kelam yang tersimpan di balik dinding-dinding perkantoran. Di dalam ruangan rapat perusahaan Grup Harsono yang mewah namun dingin, atmosfer terasa semakin mencekam. Riana, manajer senior yang memiliki kepandaian luar biasa dalam mengolah data strategis perusahaan, duduk tegak di antara dewan direksi yang kini terbagi menjadi dua kubu: mereka yang setia pada warisan dinasti keluarga dan mereka yang menuntut perubahan serta modernisasi dalam tata kelola perusahaan.

Berita bisnis yang baru saja mencuat menghantam damai di ruang korporat. "Skandal Pembobolan Data Mengguncang Grup Harsono, CEO Sementara Diminta Mempertanggungjawabkan Keputusan Kontroversial," bunyi headline utama media massa. Informasi tersebut mengabarkan bahwa salah satu insiden yang paling memalukan terjadi ketika data rahasia perusahaan berhasil ditembus oleh pihak yang tidak dikenal. Di antara serangkaian metode kejahatan siber, istilah-istilah seperti phishing, ransomware, dan SQL injection mulai mencuat sebagai kunci dalam teka-teki yang membahayakan reputasi dan keberlangsungan usaha.

Dalam pertemuan yang berlangsung dengan intensitas tinggi, Riana merasa seolah setiap kata yang diucapkan menorehkan bekas luka di relung hatinya. Ia harus memilih antara mempertahankan loyalitasnya kepada keluarga Harsono dan menjaga integritas profesionalisme yang selama ini telah ia bangun dengan susah payah. Di tengah perdebatan yang semakin panas antara para dewan, ia mengumpulkan setiap potongan bukti digital yang pernah ia pelajari—dari enkripsi data yang tak terbantahkan hingga protokol two-factor authentication yang kini terlihat seperti bayangan masa lalu yang tidak mampu melindungi rahasia perusahaan.

Pada saat itu, bayangan masa lalu kembali menghampiri Riana. Ia teringat dengan jelas ketika duduk bersama ayahnya di ruang tamu rumah besar keluarga Harsono. Suasana hangat yang dulu dipenuhi tawa kini bergeser menjadi bayang-bayang pelajaran hidup yang senantiasa mengingatkannya tentang keutamaan kejujuran dan keberanian. Dalam kilas balik pertama, Riana mengenang masa-masa ketika Indra, sang ayah, dengan sabar mengajarkan bahwa keluarga adalah fondasi yang harus dijaga, namun tidak boleh mengaburkan jalan kebenaran. Ia ingat tatapan lembut ayahnya yang bercampur dengan keprihatinan saat menjelaskan pentingnya transparansi dalam setiap aspek kehidupan, baik dalam bisnis maupun pribadi.

"Ingat, Riana," kata Indra sambil menatap mata putrinya, "nilai sebuah keluarga tidak hanya terletak pada darah, tapi juga pada kejujuran dan keberanian dalam menghadapi kenyataan." Kata-kata tersebut terus terngiang dalam benaknya meskipun waktu telah membawa banyak perubahan. Kini, dalam kegelapan ruangan rapat yang terasa seperti arena perang, pesan ayahnya menjadi lentera yang menuntun di tengah kegelapan pengkhianatan dan kebohongan.

Sementara itu, di pojok ruangan, Bima yang dikenal atas ambisinya yang tak terbendung, duduk dengan ekspresi dingin. Di balik tatapan menyala, ia diam-diam mengumpulkan bukti digital, mengintai setiap jejak aktivitas Farida—seseorang yang baru-baru ini tersandung isu sabotase internal. Bima pun telah lama mencurigai bahwa Farida, dengan segala pesonanya yang licik dan strategi yang selalu berada di luar kendali, adalah dalang di balik bocornya data rahasia. Bukti demi bukti yang dikumpulkan melalui packet sniffing dan analisis log server mengonfirmasi asumsi Bima bahwa terjadi pelanggaran mendalam dalam sistem keamanan perusahaan.

Sementara rapat berlangsung, Riana tetap tenang meskipun jiwanya terasa bergolak layaknya samudra yang tenang namun menyimpan badai di kedalamannya. Ia tahu, di balik kebingungan dan ancaman yang menggantung, ada sebuah pesan yang harus segera ia ungkap: "Kebenaran akan segera terungkap." Pesan anonim yang masuk beberapa jam sebelumnya itu seolah mengirimkan sinyal bahwa intrik pengkhianatan telah mencapai puncaknya. Riana pun bertekad menelusuri setiap celah, setiap jejak digital yang mungkin tersisa dari upaya pembobolan data yang gagal untuk disembunyikan rapat oleh tangan-tangan terampil di balik layar.

Dalam proses pencarian kebenaran, ia mengumpulkan data dari berbagai sumber. Sistem monitoring yang canggih dan dashboard analitik yang mengudara menyuguhkan informasi real-time mengenai aktivitas jaringan. Istilah-istilah seperti brute force attack dan vulnerability scanning pun sering muncul dalam dokumen-dokumen rahasia yang ia telaah, menambah lapisan kompleksitas pada misteri yang sedang dihadapi. Namun, dalam keheningan itu juga muncul konflik internal yang tak terhindarkan—konflik antara asas profesionalisme yang selama ini ia junjung dan kata hati yang tertaut pada nilai-nilai tradisional keluarganya.

Kilas Balik: Pelajaran dari Sang Ayah

Dalam kilas balik kedua yang mendalam, Riana kembali ke ruang makan keluarga yang sederhana namun penuh arti pada masa kecilnya. Suasana itu pernah menjadi saksi bisu diskusi-diskusi hangat tentang idealisme versus realita, antara pertahanan moral dan implementasi pragmatis dalam kehidupan berbisnis. Pada suatu malam yang dingin, ketika angin bertiup lembut menyelinap melalui jendela kaca besar, ayahnya, Indra, memulai percakapan yang menggugah pikiran. "Riana, ingatlah bahwa dalam menghadapi cobaan, terkadang kita harus memilih antara dua jalan yang nampak saling bertolak belakang. Loyalitas kepada keluarga bukanlah penghalang untuk melihat kebenaran yang lebih besar. Namun, jangan sampai enggan untuk mengambil risiko demi keadilan dan transparansi," ujarnya dengan suara yang penuh pengharapan dan keyakinan.

Petuah bijak itu mengalir dalam benak Riana, menggabungkan kerinduan pada masa lalu dengan tekad untuk mengungkap pengkhianatan yang mungkin tersembunyi di balik lapisan-lapisan institusi. Ia teringat diskusi mendalam tersebut, ketika ayahnya membahas pentingnya menerapkan sistem security information and event management (SIEM) agar setiap kejadian yang mencurigakan segera terekam dan bisa direspon dengan cepat. Dalam pikiran kecilnya, ia pun menghubungkan konsep itu dengan incident response plan yang selama ini ia pelajari, menyadari bahwa keduanya adalah kunci untuk menyelamatkan perusahaan dari kehancuran yang mungkin datang sewaktu-waktu.

Di malam itu, sambil menikmati secangkir teh hangat, ayahnya mengungkapkan bahwa dalam setiap bisnis, keberanian untuk mengambil langkah sulit adalah sesuatu yang harus dipertahankan. Kata-kata itulah yang kini menjadi pendorong semangat Riana dalam menghadapi intrik yang mengancam kestabilan Grup Harsono. Meski segenap rasa hormat pada tradisi dan nilai-nilai keluarga mengakar kuat, ia tahu bahwa saatnya kini menuntut professinalisme yang mutlak untuk menghindari keruntuhan yang lebih jauh.

Konflik di Balik Layar Korporat

Kembali ke suasana rapat, ketegangan kian meningkat seiring dengan berjalannya waktu. De-wan direksi yang tadinya penuh harapan kini tampak terpecah belah. Beberapa menyuarakan keinginan untuk menjauhkan diri dari sejarah kelam yang selama ini menyelimuti nama Harsono, sedangkan yang lain bersikukuh melestarikan nilai-nilai dan kekuatan yang telah membangun perusahaan. Di tengah kekacauan itu, Riana mengambil langkah tegas dan mencoba meyakinkan dewan bahwa kejelasan dan integritas adalah satu-satunya jalan menuju penyembuhan perusahaan.

"Kita harus mengakui bahwa sistem keamanan kita telah diretas melalui serangkaian teknik canggih seperti phishing, ransomware, dan bahkan SQL injection," ujarnya dengan nada marah namun tenang. "Pertanyaan intinya bukanlah siapa yang bertanggung jawab, tetapi bagaimana kita bisa segera memperbaiki kerusakan ini dengan penerapan enkripsi data dan two-factor authentication pada setiap lapisan infrastruktur kami. Semua bukti digital yang ada harus dijadikan pijakan untuk menggali lebih dalam motifikasi di balik penghancuran reputasi ini."

Di sela-sela argumentasi tersebut, Riana menyadari bahwa di balik setiap laporan insiden – mulai dari intrusion detection system (IDS) hingga firewall security log – terdapat kepingan-kepingan sejarah dari intrik pengkhianatan yang semakin memburuk. Setiap istilah teknis yang ia sebutkan tidak hanya menggambarkan serangan siber secara detail, melainkan juga menggambarkan kompleksitas moral yang terlibat. Ia tahu, di balik kata-kata tersebut terdapat dugaan adanya celah yang disengaja dan upaya untuk menyembunyikan fakta-fakta kelam.

Sementara itu, Bima yang mendengarkan setiap kata dengan saksama, senyum tipis mengembang di bibirnya. Ambisinya yang selama ini tersembunyi kini mulai terlihat dari balik kerangka profesionalismenya. Dengan licik, ia mengalihkan pembicaraan dan menyatu dalam percakapan rahasia yang hanya bisa dipahami oleh pihak-pihak tertentu yang telah lama terlibat dalam permainan kekuasaan di Grup Harsono.

Farida, yang selama beberapa bulan terakhir telah menjadi target kemarahan karena diduga sebagai penyebab utama kebocoran data, merasa terpojok. Hatinya yang dulunya penuh dengan tekad kini mulai terkelupas oleh tekanan. Meskipun ia pernah menjadi seorang eksekutif yang dihormati—dengan keahlian dalam mengatur data melalui advanced persistent threat (APT) countermeasures—namun bayangan pengkhianatan kini menyelimuti dirinya. Semua mata menatapnya, dan bisikan-bisikan tajam tersebar di antara meja-meja, menyuarakan dugaan bahwa ia adalah kambing hitam atas krisis yang terjadi.

Di tengah kekacauan itu, Riana merasa semakin terbebani oleh konflik internalnya. Di satu sisi, ia masih merasakan ikatan emosional yang kuat terhadap tradisi keluarga dan segala nilai yang pernah diwariskan oleh sang ayah. Di sisi lain, sebagai seorang profesional, ia tidak bisa mengabaikan fakta bahwa sistem dan kepercayaan yang selama ini dijunjung tinggi kini dipenuhi oleh kebohongan serta manipulasi. Setiap dokumen yang ia baca, setiap log yang ia periksa, seakan mengkonfirmasi bahwa pengkhianatan ini telah direncanakan dari jauh, dengan tujuan mengalihkan perhatian dari kekurangan-kekurangan struktural yang ada dalam manajemen perusahaan.

Kekacauan mencapai puncaknya ketika sebuah bukti baru muncul. Sebuah file log yang diambil secara ilegal mengungkapkan adanya celah keamanan yang terjadi beberapa hari sebelum insiden besar itu. Dalam file tersebut tercatat adanya aktivitas yang mencurigakan, yang menunjukkan adanya upaya deliberate manipulation melalui metode brute force attack. Kejadian ini menambah lapisan kerumitan pada kasus, dan membuat dewan direksi semakin terpecah belah antara mempertahankan reputasi keluarga atau memulai reformasi yang menyakitkan namun diperlukan.

Riana merasa terjepit di antara dua dunia. Di ruangan rapat yang sunyi, ia menertawakan derita dirinya sendiri, seolah segala upaya telah sia-sia. Namun, ingatannya kembali terlempar ke kembali pada malam-malam panjang, ketika ia dan ayahnya mendiskusikan tentang masa depan perusahaan dengan penuh optimisme dan keyakinan. Di balik kerapuhan yang kini menghinggapi setiap kata, terselip tekad untuk mencari kebenaran meski jalan yang harus ditempuhnya penuh dengan rintangan dan tantangan.

Ketika rapat berakhir dengan keputusan untuk memulai audit menyeluruh terhadap sistem keamanan, Riana sadar bahwa perjuangan melawan intrik pengkhianatan baru saja memasuki babak yang lebih kompleks. Beban tanggung jawab semakin berat, dan setiap langkah yang ia ambil harus didasarkan bukan pada emosi semata, melainkan pada fakta-fakta digital dan bukti-bukti yang tak terbantahkan. Minggu-minggu berikutnya akan diwarnai oleh investigasi mendalam, pengumpulan data, dan analisis terhadap setiap celah yang ada dalam sistem proteksi perusahaan, termasuk vulnerability scanning yang secara rutin dilakukan untuk mendeteksi potensi ancaman.

Sementara itu, di balik dinding pertemuan rahasia yang tersamar, seorang informan misterius menunggu dengan sabar. Bima, yang selama ini berperan sebagai eksekutor rahasia, telah mengatur pertemuan itu dengan seseorang yang hanya dikenal melalui identitas bayangan. Di sebuah kafe yang terletak di sudut kota Jakarta, dengan lampu neon yang berkelap-kelip di malam hari, dua sosok bertemu dalam suasana yang sangat rahasia.

Pada malam yang penuh dengan bayang-bayang dan rahasia, Bima menutup pintu kafe kecil tersebut dengan isyarat halus kepada si informan. Sosok yang datang mengenakan jaket hitam dan tampak cemas itu mendekat dengan langkah hati-hati. Mereka duduk di meja yang terletak di pojok ruangan, jauh dari tatapan penasaran pengunjung lain. Atmosfer yang tegang seketika menyelimuti ruangan itu, seolah setiap desahan napas membawa pesan bahwa masa depan Grup Harsono terancam oleh kekuatan-kekuatan dalam bayang-bayang.

"Apakah kau yakin bahwa ini langkah yang tepat?" bisik Bima, matanya tajam menyorot ke arah informan misterius tersebut. Suaranya rendah namun menyiratkan kekuatan ambisi yang telah lama terpendam sejak awal krisis.

Sang informan, dengan nada yang penuh kerendahan hati namun tegas, mengangguk perlahan. "Data yang berhasil kami kumpulkan mengonfirmasi keterlibatan beberapa oknum senior dalam manajemen. Terdapat jejak transaksi tersembunyi dalam sistem, serta bukti digital yang menunjukkan adanya tindakan penyusupan melalui teknik man-in-the-middle attack yang mengaburkan jejak identitas asli pelaku. Kebenaran yang selama ini terselubung di balik nama Farida kini mulai terpisah, dan saya yakin ada lebih banyak hal yang harus diungkap," jawabnya, matanya selalu menyiratkan waspada namun fokus.

Bima tersenyum tipis. "Kita harus terus gali. Jika ada kesempatan, kita buat agar semua lapisan kebohongan itu terangkat, dan realitas yang sesungguhnya muncul. Keluarga Harsono tidak akan tunduk pada kehancuran karena skandal ini. Bahkan jika harus mengorbankan segalanya, kebenaran harus ditegakkan dengan segenap kekuatan." Suasana semakin tegang ketika percakapan itu memasuki ranah yang lebih dalam dan misterius, seolah-olah seluruh nasib perusahaan bergantung pada keberanian dan strategi yang mereka susun bersama.

Sedangkan di ruang rapat perusahaan, Riana menyelesaikan pencatatan laporan audit dengan tangan yang masih bergetar, menyadari bahwa kenyataan yang dihadapi jauh lebih kompleks daripada sekadar intrik kekeluargaan. Ia teringat kembali pesan-pesan bijak sang ayah yang pernah menekankan bahwa dalam setiap krisis, terdapat peluang untuk menemukan kebenaran yang lebih tinggi. Namun, untuk menemukan kebenaran itu, ia harus bersedia melangkah keluar dari zona nyaman—meninggalkan bayang-bayang yang selama ini melindungi dirinya.

Dalam keheningan malam yang mencekam, di mana cahaya lampu kantor berbaur dengan bayang-bayang menakutkan, Riana bertekad untuk membuka setiap selubung misteri. Ia mengevaluasi setiap data digital dengan cermat, mencoba memahami pola-pola yang mungkin tersembunyi di balik serangan phishing yang terus mengangkasa, ransomware yang memperdaya sistem keuangan perusahaan, dan SQL injection yang telah mengguncang fondasi teknologi Grup Harsono.

Konflik internal yang ia rasakan memang tidak mudah untuk diselesaikan. Di satu sisi, ada tekanan dari dewan direksi yang terpecah antara mereka yang ingin mempertahankan moralitas serta tradisi keluarga, sedangkan di sisi lain terdapat tuntutan untuk mengadopsi kebijakan-kebijakan modern yang keras, yang mampu mengekang serangan siber sekaligus membersihkan nama perusahaan dari noda pengkhianatan. Dalam dilema ini, rasa tanggung jawab Riana sebagai pewaris nilai-nilai luhur dan sebagai profesional yang kompeten terus menjadi sumber daya yang menguatkan jiwanya.

Ketika pagi menyingsing, dan sinar mentari perlahan menerobos jendela besar ruang kerjanya, Riana menyadari bahwa setiap langkah investigasi yang telah ia ambil membawa dirinya lebih dekat pada inti persoalan. Meskipun tekanan sering membuatnya merasa terasing dari rekan-rekan yang seharusnya menjadi pendukung setia, ia tetap yakin bahwa dengan menggunakan teknologi forensik digital dan protokol keamanan terbaru, kebenaran akan terbongkar secara menyeluruh.

Sekalipun bayangan pengkhianatan semakin menebal, tekad Riana semakin menguat ketika ia mengenang tiap pesan mendalam dari ayahnya. Kenangan itu bagaikan mercusuar yang menyinari jalan gelapnya. Di amid kerumunan masalah dan potongan-potongan bukti yang berserakan, ia menyusun strategi untuk menghadapi konflik, tanpa membiarkan emosi menghancurkan integritas moralnya yang telah dirintis sejak lama.

Babak penyelidikan pun semakin memanas. Audit menyeluruh terhadap sistem keamanan mengungkapkan adanya celah serius yang tidak hanya mengganggu operasional, melainkan juga merusak reputasi. Implementasi enkripsi terbaru ataupun peningkatan skema two-factor authentication pun menjadi seruan wajib. Di samping itu, audit juga menyoroti bahwa upaya patching vulnerability sebelum serangan ransomware terjadi jelas tidak dilakukan secara optimal. Bayangan-bayangan kecurangan ini mengintai sampai ke lapisan tertinggi pejabat perusahaan, dan itu membuat Riana semakin menyadari bahwa pertarungan ini jauh lebih besar dibandingkan pertarungan politik internal biasa.

Akhirnya, di antara tumpukan laporan, analisa forensik, dan diskusi panjang dengan ahli cyber security, sebuah hal mengemuka bahwa ada konspirasi yang direncanakan dengan hati-hati. Data log yang sempat terabaikan menunjukkan adanya aktivitas tidak biasa yang mencurigakan, disertai pula dengan jejak-jejak penggunaan advanced persistent threat (APT) tools yang tidak familiar di lingkungan Grup Harsono. Bukti demi bukti membentuk gambaran yang semakin kompleks: ada pengkhianatan dari dalam yang mampu menggoyahkan sistem yang telah dibangun dengan susah payah oleh generasi sebelumnya.

Di dalam kekacauan itu, Riana tidak bisa lagi menghindar dari kenyataan bahwa nilai-nilai keluarga dan kepercayaan korporat telah bertabrakan. Ia dikenal sebagai sosok yang selalu memegang teguh etika dan moral yang diajarkan sang ayah, namun ia kini harus menghadapi kenyataan bahwa siapa pun bisa menjadi musuh, bahkan mereka yang selama ini dianggap sekutu. Pertentangan batin yang mendalam melanda ketika ia harus memilih: apakah ia akan tetap setia pada nilai-nilai keluarganya, yang selalu menekankan pada ikatan emosional dan kepercayaan, ataukah ia harus mengambil jalan drastis untuk memulihkan kredibilitas profesionalnya dengan mengungkap setiap lapisan kebohongan?

Pada suatu sore yang mendung, setelah seharian penuh berhadapan dengan tumpukan berkas dan konferensi video dengan tim keamanan siber, Riana duduk sendiri di ruangnya yang remang-remang. Ia memandang ke luar jendela, menatap langit yang seakan mencerminkan kekacauan batinnya. Di benaknya, terukir pesan sang ayah, dan setiap detiknya mengingatkannya akan tujuan yang telah ditetapkan: menemukan kebenaran tanpa kompromi, meskipun harus menghadapi badai pengkhianatan yang menghantam dari segala arah.

Kehidupan Riana kini bagaikan sebuah labirin di mana setiap pintu yang terbuka menyingkap rahasia lebih dalam, dan setiap kunci yang ditemukan membuka pintu menuju konflik baru. Meski beban tanggung jawab semakin berat, ia tahu bahwa ia harus berjuang demi keadilan, tidak hanya demi keluarganya tetapi juga demi masa depan perusahaan yang selama ini telah menjadi tulang punggung perekonomian. Di balik setiap data yang terpegang, setiap sistem yang diretas, tersimpan pesan pribadi yang mengungkapkan betapa rentannya mekanisme kekuasaan dan bagaimana rentetan peristiwa dapat mengubah nasib banyak orang.

Di waktu yang bersamaan, di sudut kota yang tersembunyi, Bima dan sang informan tetap berpegang pada rencana rahasia mereka. Setelah pertemuan di kafe kecil itu, Bima menghembuskan nafas panjang, menyadari bahwa percakapan mereka baru merupakan permulaan dari sebuah permainan berbahaya yang melibatkan banyak pihak. Pesan-pesan dan data-data yang ia dapatkan selama ini membawa gambaran bahwa pelaku pengkhianatan tidak hanya bergerak di balik layar, tetapi telah meretas ke dalam struktur organisasi yang paling rentan.

Dalam suasana yang semakin mencekam, kedua pihak—yang berdiri di sisi bayang-bayang dan yang berjuang di garis depan keamanan digital—semuanya harus berkumpul dalam ledakan konflik yang akan menentukan nasib Grup Harsono. Riana, dengan segala keberaniannya, bersiap untuk menghadapi cermin pahit dari masa lalu dan menguak tabir kejahatan yang telah lama disembunyikan. Di satu sudut, ia mempersiapkan diri untuk menghadapi audit yang akan mengungkap sistem pengamanan yang telah dilanggar, sedangkan di sudut lain, ketegangan personal yang telah ia pendam semakin memunculkan pertanyaan besar: apakah kebenaran akan mampu menyucikan nama keluarga, atau akankah pengkhianatan terus membawa kehancuran?

Saat senja mulai menyelimuti kota Jakarta, sinar lampu-lampu kota mulai menyala, menerangi jalan-jalan yang penuh dengan rahasia. Di ruang rapat yang kini kosong, namun masih menyisakan aroma asap rokok dan determinasi yang membara, Riana merapikan dokumen-dokumen penting yang mungkin menjadi petunjuk terakhir untuk mengungkap pelaku sejati. Ia merasakan getaran di seluruh sistem jiwanya—sebuah sinyal bahwa peperangan tidak pernah berhenti, dan setiap langkah menuju kebenaran selalu dipenuhi oleh risiko besar.

Bab ini pun ditutup dengan pertemuan rahasia antara Bima dan sang informan misterius, yang seolah menjadi bagian terakhir dari teka-teki pengkhianatan ini. Di ruang remang yang terpisah jauh dari pusat kekuasaan, Bima menyatakan, "Langkah kita sudah tepat. Informasi baru yang kau bawa bukan hanya membuktikan bahwa ada dalang di balik sabotase ini, tetapi juga mengungkap keterlibatan oknum yang selama ini kita ragukan." Informan itu hanya menganggguk lagi pelan, dengan mata yang menyiratkan kelelahan dan tekad. Mereka sepakat untuk melanjutkan rencana yang telah disusun, menyadari bahwa saat ini, tidak ada yang bisa menghentikan gelombang kebenaran yang sedang bangkit.

Sedikit demi sedikit, bayang-bayang pengkhianatan semakin tebal menyelimuti Grup Harsono, namun begitu pula tekad untuk menemukan kebenaran. Dengan setiap potongan bukti yang terpecahkan, setiap analisa mendalam dari sistem keamanan, dan setiap ingatan akan ajaran sang ayah yang selalu menggugah semangat, Riana bersumpah untuk tidak membiarkan rahasia itu tetap terkubur. Bagi dirinya, pengungkapan semua kebohongan bukan hanya sekadar tugas profesional, tetapi juga sebuah misi personal untuk mengembalikan kehormatan yang selama ini terlupakan.

Dengan nada yang penuh determinasi dan hati yang tak gentar, Riana menatap masa depan dengan keyakinan bahwa badai pengkhianatan ini akan segera mereda. Rahasia-rahasia yang selama ini tersembunyi di balik layar teknologi dan intrik politik internal akan terungkap, memberi jalan bagi kebangkitan baru yang murni dan adil. Pada akhirnya, kebenaran yang telah lama terkubur di balik bayang-bayang pengkhianatan akan menyinari malam yang paling gelap sekalipun, dan setiap orang yang terjerat dalam intrik itu harus belajar bahwa keadilan tidak pernah tidur.

Bab 3 berakhir di sini, meninggalkan pertanyaan yang menggantung di udara: apakah kebenaran itu akan mampu menghapus semua bentuk kebohongan dan menyembuhkan luka dalam yang telah ditertibkan oleh intrik dan ambisi? Sementara itu, rahasia pertemuan malam antara Bima dan informan masih menyimpan jawaban, menunggu saat ketika angin perubahan akan membawa segala fakta ke permukaan, dan dunia korporat pada akhirnya harus menghadapi konsekuensi dari setiap keputusan yang telah diambil.

Bab 4
Konspirasi di Dua Kota

Di ruang konferensi virtual yang modern dan dipenuhi layar digital, Riana duduk tegak di mejanya, menatap serius ke monitor yang menghubungkan dua ibu kota besar – Jakarta dan Singapura. Ketenangan yang tampak di wajahnya menyembunyikan badai emosi dan ketegangan yang mendalam. Pembicaraan hari ini bukanlah sekadar pertemuan lintas cabang. Ini adalah perwujudan ambisi besar Grup Harsono untuk berekspansi secara internasional.

Suara notifikasi masuk di layar membuatnya terhenti sejenak. Pesan-pesan ancaman yang diterima secara diam-diam melalui aplikasi enkripsi terus berdatangan. "Waspada, Riana. Ada yang ingin menjatuhkanmu dari dalam," bunyi salah satu pesan, meskipun identitas pengirimnya masih samar. Dengan cepat, ia menekan opsi minimisasi notifikasi, mencoba menjaga fokusnya pada rapat yang tengah berlangsung.

"Selamat pagi, rekan-rekan. Terima kasih telah bergabung. Sebelum kita menyelam lebih dalam ke agenda ekspansi internasional, saya minta laporan update dari kantor pusat Jakarta dan Singapura," ujar Riana dengan logat formal yang khas, mencerminkan sikap tegas seorang eksekutif.

Suara dari pihak Jakarta segera mengisi ruang digital. "Ibu, kami telah merevisi strategi pemasaran kami sesuai dengan kebijakan terbaru. Namun, terdapat hambatan birokrasi internal yang perlu ditangani lebih lanjut untuk menyelaraskan visi operasional dengan misi ekspansi global," jelas seorang manajer senior dengan nada suara tegas dan kaku.

Layar di Singapura juga menyala dengan wajah-wajah profesional yang rapi. "Di sini, kami telah menyediakan analisa risiko dan peluang untuk pasar Asia Tenggara. Namun, perbedaan perspektif antara divisi yang ada di Jakarta menjadi tantangan tersendiri," tambah seorang eksekutif dari Singapura, dengan dialog yang dipenuhi istilah teknis korporat seperti ROI, EBITDA, dan sinergi strategis.

Riana meresapi setiap kata, mengingat bahwa ambisinya untuk memimpin Grup Harsono ke panggung internasional harus terwujud meski rintangan internal semakin menggumpal. Secara halus, dia memberikan arahan, "Pastikan setiap data sudah terverifikasi dengan akurat. Saya tidak ingin kesalahan interpretasi yang bisa memicu krisis lebih jauh."

Di balik layar, intrik mulai menampakkan diri. Bima, yang kini tengah membela posisi kritisnya, mengangkat isu dengan nada yang semakin agresif, "Saya tidak mengerti mengapa kita harus mengorbankan integritas operasional demi ambisi yang berlebihan. Kita perlu fokus mengatasi masalah yang ada di depan mata sebelum kita berlari ke pasar internasional!" Ucapan Bima, penuh emosi, menimbulkan gejolak di antara para peserta rapat.

Riana menyerap tuduhan itu dengan dingin. Dalam hati, ia tahu bahwa konflik ini bukan semata tentang perbedaan strategi, tapi juga rahasia hubungan pribadinya dengan Tegar yang selama ini tersembunyi dari pandangan publik. Hubungan yang dalam dan hangat ini disembunyikan di balik terminologi bisnis dan kolaborasi antar cabang, namun keberadaannya menjadi sumber kekuatan sekaligus kelemahan.

"Bima, saya menghargai pandangan Anda. Namun, setiap langkah yang kita ambil adalah bagian dari strategi besar untuk menjaga kelangsungan perusahaan. Kita harus bekerja bersama dan mendiskusikan perbedaan ini secara rasional," jawab Riana dengan ketenangan meskipun jiwanya bergolak.

Sementara itu, sisi lain konflik mulai memunculkan subplot yang tak terduga. Farida, yang selama ini dikenal sebagai sosok tangguh, kini menghadapi dilema besar ketika rahasia masa lalunya yang kelam mulai menyasar ke permukaan. Dokumen-dokumen lama dan potongan-pisau kata mulai tersebar di media internal grup. Keraguan dan konflik batin berkecamuk di antara para pemimpin.

Di tengah detik-detik intens rapat, Riana menerima panggilan pribadi dari Tegar. Suara Tegar yang lembut namun penuh kekhawatiran terdengar jauh berbeda dari diskusi formal yang sedang berlangsung. "Riana, dengarkan aku sebentar. Aku tahu ini bukan tempat yang tepat, tapi kau harus tahu bahwa aku percaya padamu. Baik dalam bisnis maupun dalam cinta, jangan biarkan bayang-bayang ambisi menghancurkan segalanya." Kata-kata Tegar mengalir hangat, membawa sedikit kelegaan dalam ketegangan yang mencekam.

Sebuah kilas balik membawa Riana kembali ke masa reuni keluarga di Singapura beberapa tahun lalu. Malam itu, di bawah cahaya lampu kristal yang memukau dan musik lembut mengalun, Riana dan Tegar duduk bersebelahan di teras sebuah restoran mewah. Mereka berbincang dengan nada yang jauh dari keseriusan rapat bisnis – percakapan itu penuh kehangatan, keberanian untuk bermimpi, dan ketakutan akan masa depan.

Dalam kenangan itu, Riana teringat kata-kata Tegar, "Kita di sini bukan hanya untuk merayakan keberhasilan, tapi juga untuk mengingat bahwa dalam keluarga, ada cinta dan pengorbanan yang tak ternilai. Jangan biarkan ambisi mengecilkan hati kita."

Di pinggiran pesta, Sari Malik mengamati dengan mata yang tajam dan senyum tipis penuh perhitungan. Setiap gerak-gerik yang tampak sederhana baginya menyiratkan niat yang lebih dalam. Wajahnya yang dingin dan sikapnya yang disiplin membuka tabir intrik yang tersembunyi selama ini. Ia tahu bahwa dinamika antara Riana dan Tegar bisa menjadi kunci bagi perubahan alur kekuasaan dalam keluarga.

Kembali ke masa kini, suasana di ruang konferensi semakin tegang. Riana, yang mencoba menyeimbangkan antara keputusan bisnis penting dan kerumitan hubungan pribadi, merasakan tekanan yang semakin mencekik. Dialog antar peserta rapat berganti cepat dengan istilah-istilah yang mengandung waktu yang semakin menipis. "Kita harus segera mengonsolidasikan data dari semua cabang dan menyusun laporan terperinci. Saya ingin melihat proyeksi keuangan terkini dalam 24 jam," pungkas salah satu eksekutif senior di Singapura.

Tak lama kemudian, suasana rapat tiba-tiba berubah drastis. Di tengah arus data yang mengalir di layar, teriakan mendadak dari salah satu peserta konferensi video menyelinap ke dalam diskusi. "Ada yang menyusup ke dalam sistem kami!" suara itu memecah kelancaran pertemuan dan menggantungkan semua mata pada layar yang kini menampilkan tanda-tanda peringatan.

Kepanikan mulai menyelimuti ruangan. Riana segera berdiri, suaranya makin tegas, "Matikan semua akses eksternal dan lakukan audit sistem secara menyeluruh. Saya ingin laporan lengkap dalam waktu satu jam. Jangan ada celah yang terlewat!" Instruksi tersebut disampaikan dengan nada korporat yang kental, menanamkan rasa urgensi dan disiplin.

Dalam kekacauan itu, muncul tiga peristiwa yang saling terkait dan memperumit keadaan:

1. **Konflik Internal di Jakarta:** Kedudukan Bima yang semakin agresif dan penuh kecurigaan memicu perpecahan di antara para pemimpin cabang. Ia menyerang kebijakan Riana dengan argumen bahwa birokrasi internal telah menghambat inovasi dan pertumbuhan. Dalam beberapa diskusi tertutup di ruang rapat, Bima menyatakan, "Kita harus membongkar struktur yang menghambat agar inovasi bisa tumbuh. Sistem ini sudah usang dan berpotensi menghancurkan semua yang telah kita bangun."
2. **Hubungan Rahasia Riana dengan Tegar:** Di balik layar rapat yang formal, komunikasi pribadi antara Riana dan Tegar berkembang dengan nada yang jauh lebih intim dan penuh emosi. Setelah rapat resmi berakhir, Tegar menghubungi Riana melalui pesan teks singkat, "Kita harus bertemu setelah jadwal padat ini. Aku ada beberapa hal yang perlu kau dengar secara langsung." Pertemuan rahasia mereka kemudian terlaksana di sebuah kafe kecil di Jakarta, tempat

mereka berbincang dengan bahasa sehari-hari yang hangat, mengungkap perasaan, kekhawatiran, dan impian bersama.

3. **Rahasia Kelam Farida:** Farida, yang selama ini berdiri sebagai pilar kekuatan dalam keluarga, kini harus menghadapi kenyataan pahit masa lalunya. Dokumen-dokumen rahasia yang berkaitan dengan masa lalunya mulai tersebar, menciptakan keributan baik di media internal maupun eksternal. Dalam sebuah percakapan telepon yang penuh emosi dengan salah seorang penasihat pribadinya, Farida mengakui, "Aku tidak pernah menyangka bahwa rahasia itu akan datang menghantui kita. Ini bukan hanya tentang aku, tapi tentang kita yang telah menjalani semua ini bersama."

Setiap peristiwa ini menambah lapisan kompleks pada konspirasi yang tengah berlangsung. Riana yang terjebak di tengah konflik internal dan intrik eksternal, menyadari bahwa ancaman ini lebih dari sekadar masalah teknis—ini adalah pertempuran ideologi, emosi, dan loyalitas.

Dengan ketegangan yang semakin memuncak, langit digital rapat mendadak dipenuhi oleh grafik serangan siber. Layar monitor menampilkan peringatan keamanan sistem yang melonjak tajam, menandakan bahwa pihak-pihak misterius telah berhasil menyusup dan memanfaatkan celah dalam infrastruktur perusahaan. "Waktunya kita bersatu dan bertindak cepat," ujar Riana, suaranya menyembunyikan kecemasan namun tetap tegas. "Ingat, integritas sistem kita adalah fondasi dari ekspansi global yang kita idamkan."

Dalam momen genting itu, Riana pun memerintahkan pimpinan IT dan tim keamanan siber untuk segera memeriksa log aktivitas digital serta memblokir alamat IP yang mencurigakan. Percakapan via video conference berubah menjadi rapat darurat dengan istilah teknis seperti firewall, enkripsi 256-bit, dan protokol autentikasi multi-faktor. "Tim, segera lakukan isolasi pada server dan aktifkan mode lockdown. Kita harus mencari tahu sumber penyusupan ini dalam 30 menit!" perintahnya dengan tegas sambil menatap layar penuh dengan data yang mengalir cepat.

Suasana di Jakarta, dengan hiruk-pikuk jalan dan kepadatan masyarakat, kontras dengan ketenangan terstruktur di Singapura. Di Jakarta, para eksekutif yang semula tampak formal kini terlihat resah, seolah-olah kekacauan digital itu mencerminkan kekacauan batin yang menimpa internal perusahaan. Sementara itu, di Singapura, setiap tindakan dihitung dan dikoordinasikan dengan presisi tinggi, menunjukkan betapa instansi tersebut berusaha menjaga image profesional di mata dunia.

Seiring berjalannya waktu, Riana pun mengalihkan perhatian sejenak kepada komunikasi pribadi dengan Tegar. Di sudut ruangan yang sepi setelah rapat formal selesai, teleponnya kembali berdering. "Riana, aku sudah menunggu di tempat biasa. Aku rasa kita perlu membahas semua ini dengan tuntas. Aku tidak bisa lagi menyembunyikan perasaanku atau masa lalumu yang terus menghantui," bisik Tegar dengan nada yang lebih lembut dan penuh emosi.

Dalam percakapan di sebuah kafe yang redup pencahayaannya, Tegar dan Riana berbincang dengan bahasa yang tidak lagi dipenuhi jargon korporat. "Kau tahu, aku selalu mengagumi caramu menggabungkan logika dan perasaan dalam setiap keputusan," ucap Tegar sambil menyerupput kopi hangat yang menguar aroma kenangan masa lampau. Riana, dengan mata sedikit berkaca, membalas, "Aku memang terjebak antara ambisi untuk membawa perusahaan ke puncak global dan keinginan untuk menjaga keutuhan keluarga. Namun, kadang keinginan pribadi harus dikorbankan demi kebaikan yang lebih besar. Tapi, setiap kali kutatap matamu, aku teringat bahwa hati juga harus menjadi bagian dari keputusan bisnis."

Sementara percakapan personal ini berlangsung, di balik layar operasional, tim IT berhasil melacak alamat IP penyusup yang ternyata berasal dari jaringan internal. Penemuan itu mengguncang seluruh sistem dan mengonfirmasi kecurigaan Riana bahwa sosok yang ingin menjatuhkannya bukan dari pihak luar, melainkan seseorang yang selama ini dipercayai. "Ini tidak mungkin... siapa lagi yang bisa memiliki akses seperti ini?" gumamnya, sesaat sebelum kembali mengarahkan perintah untuk melacak jejak digital sang penyusup.

Dalam rapat darurat yang kembali dibuka, Riana mengumpulkan semua pimpinan unit untuk membahas rencana tindak lanjut. "Kita sudah mengidentifikasi titik penyusupan. Anggota tim keamanan, segera lakukan pemantauan intensif dan laporkan setiap pergerakan yang mencurigakan. Saya ingin tindakan ini diselesaikan sebelum jam kerja berakhir. Ini adalah ujian bagi kita semua, dan saya yakin kita bisa mengatasinya bersama," tegasnya dengan nada komando yang menggetarkan.

Dialog itu diikuti oleh pernyataan dari beberapa pimpinan lain yang menyarankan untuk mengonsolidasikan tim investigasi internal. Bima, meskipun sebelumnya memunculkan keraguan, kini mencoba mengambil peran lebih konstruktif. "Biarkan saya bergabung dengan tim IT. Saya rasa, dengan pengetahuan mendalam mengenai struktur internal, saya bisa membantu mempersempit lingkaran kecurigaan," ungkap Bima dengan nada yang sedikit berubah, namun masih menyiratkan ketidaksepakatan yang tersisa.

Situasi menjadi semakin kompleks ketika pesan-pesan ancaman yang diterima Riana sebelumnya kembali terngiang melalui sistem komunikasi internal. Setiap pesan mengirimkan isyarat bahwa ada pergerakan dinamis di antara anggota-anggota keluarga yang ingin merebut kendali. Farida, yang sebelumnya harus menghadapi skandal masa lalunya, kini hadir sebagai figur kunci yang harus memilih antara perlindungan reputasinya atau mendukung integritas perusahaan.

Dalam sebuah pertemuan pribadi yang terjadi di lorong sunyi gedung pusat kesehatan organisasi, Farida mengungkapkan keprihatinannya kepada salah seorang penasihat kepercayaannya, "Aku merasa tekanan ini bukan hanya soal bisnis, tetapi juga tentang penebusan dosa masa lalu. Aku harus memilih apakah aku akan melawan atau menyerah pada bayang-bayang yang selalu menghantui."

Sementara itu, di Singapura, pimpinan cabang menyatakan kekhawatiran atas dinamika internal tersebut melalui serangkaian email resmi. "Kita perlu menguatkan keamanan digital dan memperketat kontrol internal. Ini adalah krisis yang bisa mengguncang reputasi perusahaan di kancah internasional jika tidak segera ditangani," tulis salah satu eksekutif senior dengan kata-kata yang lugas dan profesional.

Detik-detik demi detik berlalu dengan penuh ketegangan. Riana, yang berada di pusat koordinasi, merasakan bahwa momen krisis ini adalah titik balik bagi seluruh nasib perusahaan. Dengan mata yang berkaca, ia merangkum dalam pikirannya bahwa keberhasilan ekspansi internasional tidak hanya ditentukan oleh perhitungan keuangan, tetapi juga oleh integritas dan loyalitas antar anggota keluarga.

Dalam sekejap, seluruh ruangan konferensi menjadi saksi dari aksi teknis yang dilakukan tim IT. Layar komputer yang sebelumnya dipenuhi grafik analitik dan proyeksi keuangan mendadak menampilkan log aktivitas yang menunjukkan jejak serangan. "Kita menemukan pola akses yang terkoordinasi. Nampaknya, penyusup sudah beberapa lama berada di dalam sistem," lapor salah satu analis dengan nada yang semakin mendapatkan kepercayaan dari para hadirin.

Riana menghela napas dalam-dalam dan berkata dengan nada penuh tekad, "Ini adalah ujian terakhir bagi kita. Jika kita tidak bisa mengungkap siapa di antara kita yang bertanggung jawab atas sabotase ini, maka ambisi kita untuk meraih panggung global akan pupus bersama segala impian kita."

Seluruh ruangan pun terdiam, menyadari bahwa detik-detik penentuan takdir perusahaan telah tiba. Dengan koordinasi yang semakin rapat antara pimpinan di Jakarta dan Singapura, langkah-langkah teknis segera diambil. Para ahli IT dari kedua kantor mengadakan sesi brainstorming intensif melalui konferensi video, saling berdiskusi dalam bahasa yang dipenuhi istilah-istilah seperti "patching", "intrusion detection", dan "data forensics."

Di balik kekakuan dialog korporat itu, Riana menyempatkan diri mengirim pesan kepada Tegar melalui chat pribadi, "Aku butuh kau di sini. Hubungan kita dan keputusan-keputusan ini tidak bisa aku pisahkan. Ingat janji kita di malam reuni itu? Bahwa kita akan selalu mencari kebenaran meski dunia sekitarnya hancur?" Tegar pun membalas dengan kata-kata yang penuh empati, "Kita akan tembus badai ini, bersama-sama. Aku percaya pada kekuatan hati dan logika yang kau bawa."

Sementara rapat intensif berlangsung, suasana di luar gedung kantor di Jakarta memang terlihat padat dan tegang. Jalanan yang dipenuhi kendaraan dan deru klakson seakan mencerminkan kekacauan internal yang melanda. Di sisi lain, Singapura dengan tertib dan terstruktur, memberikan kesan bahwa meski tantangan ada, disiplin adalah kunci untuk melewatinya.

Puncak ketegangan akhirnya tiba ketika tim IT berhasil mengisolasi alamat IP dari jaringan internal. Bukti digital yang mengarah ke seorang figur senior dalam keluarga Harsono mulai terungkap dengan jelas. Riana, yang sempat tersenyum pahit, mengumumkan melalui konferensi, "Kita telah menemukan bukti penyusupan yang berasal dari jaringan internal. Identitas pelaku masih harus diverifikasi lebih lanjut, tapi ini menegaskan kecurigaan awal saya bahwa ancaman tersebut datang dari dalam."

Percikan kepanikan muncul di antara beberapa peserta, namun Riana dengan cepat memimpin dengan keputusan yang tegas, "Saya minta semua unit keamanan segera menghentikan aktivitas yang mencurigakan dan pastikan tidak ada celah lain yang bisa dimanfaatkan. Kita harus menyelamatkan integritas sistem sebelum ambisi ini berubah menjadi bencana."

Dalam kekacauan ini, tiga subplot yang telah berkembang mulai bersentuhan: Bima yang kini harus menanggapi tuduhan internal dan mempertanyakan loyalitas rekan-rekannya, hubungan rahasia antara Riana dan Tegar yang semakin diuji oleh situasi genting, dan Farida yang harus menghadapi kenyataan pahit dari masa lalunya yang terserak di tengah krisis. Setiap subplot saling terkait, membentuk benang merah intrik yang makin rumit dan menegangkan.

Riana pun mengambil momen untuk merefleksikan perjalanannya selama ini. Dalam relung pikirannya, ia teringat kembali pada malam reuni di Singapura – sebuah momen yang penuh kehangatan di samping ketidakpastian. Di sana, Tegar telah mengajaknya bermimpi besar, meski dunia di sekeliling mereka dipenuhi misteri dan intrik. Namun, hari ini, mimpi itu harus diterjemahkan ke dalam keputusan keras dan strategi bisnis yang matang.

"Kita sudah sampai di titik kritis," pikir Riana dalam hati sambil menatap layar penuh data yang terus mengalir. "Konflik internal, ambisi, dan rahasia masa lalu semua berpadu dalam satu percaturan. Hanya dengan keberanian untuk menghadapi kebenaran, kita bisa keluar dari krisis ini sebagai pemenang." Suara hatinya bergema tanpa henti, memotret gambaran masa depan yang penuh ketidakpastian namun tetap menjanjikan.

Sementara itu, di ruang konferensi, setiap anggota tim mulai menyadari bahwa momen ini merupakan ujian akhir dari integrasi antara nilai bisnis dan emosi personal. Dialog antara pimpinan menggeser dari pembicaraan teknis ke strategi kontinjensi, "Ke depannya, setiap unit harus diteliti ulang keamanannya, dan siapa pun yang dinilai mencurigakan harus segera ditindak tegas. Ambisi bukanlah alasan untuk mengabaikan integritas, dan integritas bukanlah barang yang bisa dinegosiasikan," ujar salah satu eksekutif senior dengan nada yang menggambarkan kepastian.

Dalam ketegangan global yang terus mengalir, Riana menutup pertemuan dengan pesan yang kuat, "Kita adalah keluarga besar Harsono. Dalam menghadapi ancaman ini, saya ingin setiap dari kita ingat bahwa keberhasilan kita bukan hanya diukur dari keuntungan finansial, tetapi dari seberapa kuat kita bisa bersatu dalam menghadapi musibah. Kita akan melawan ini dengan kepercayaan, dedikasi, dan komitmen tanpa kompromi."

Suasana hening menyelimuti ruangan. Angin digital menyapu setiap sudut pikiran yang masih dipenuhi prasangka dan keraguan. Di kedua kota – Jakarta dengan hiruk pikuknya yang penuh emosi, dan Singapura dengan ketenangan strategisnya – semuanya kini menyatu dalam satu momen bersejarah.

Bab ini pun ditutup dengan detik-detik penemuan penyusup yang semakin memperjelas bahwa konspirasi di balik serangkaian sabotase telah mencapai puncaknya. Di layar konferensi, pantulan wajah Riana terlihat jelas – tegas, muram, namun penuh keyakinan. Dalam pertempuran antara ambisi dan loyalitas, di antara bayang-bayang konflik internal dan intrik eksternal, ia bersumpah bahwa setiap tantangan akan menjadi batu loncatan menuju masa depan yang lebih jaya.

Dengan suara menggema, seseorang di antara para peserta menyatakan, "Diskusikan kembali rencana kontinjensi. Kita harus bersiap menghadapi kemungkinan terburuk." Semua mata tertuju pada layar, menyadari bahwa keadaan sudah berubah secara drastis dan setiap keputusan selanjutnya akan menentukan arah nasib Grup Harsono – apakah akan terus maju sebagai kekuatan bisnis global atau hancur berkeping-keping oleh intrik yang terselubung.

Sementara malam mulai merayap masuk di langit Jakarta, dan di Singapura kegelapan hanya sebentar terputus oleh cahaya neon, cerita tentang ambisi, pengkhianatan, dan pengorbanan berlanjut tanpa jeda. Dalam setiap detik yang berlalu, Riana terus mempertahankan keseimbangan antara logika bisnis yang kaku dan kemanusiaan yang lembut, mengetahui bahwa di balik setiap keputusan, ada nasib seluruh keluarga yang harus dijaga.

Detik-detik akhir bab ini menyisakan pertanyaan yang menggantung di udara: siapakah dalang nyata dibalik konspirasi ini? Sambil menatap layar yang semakin gelap oleh kebisingan informasi, Riana berbisik pada dirinya sendiri, "Kebenaran akan terungkap, dan saya akan memastikan bahwa setiap jiwa yang berkhianat harus membayar harga yang setimpal."

Dan dengan itu, Bab 4: Konspirasi di Dua Kota pun berakhir, meninggalkan bayang-bayang ambisi dan intrik yang terus menghantui Grup Harsono, serta janji akan pertarungan sengit demi keutuhan keluarga dan kejayaan bisnis di masa depan.

Bab 5
Lembah Pengkhianatan dan Ambisi

Dunia korporat grup Harsono semakin terperangkap dalam pusaran ambisi dan pengkhianatan. Berita bisnis yang berjudul "Transaksi Meningkat Bersamaan dengan Isu Kepemimpinan, Tanda-Tanda Krisis di Grup Harsono Mulai Muncul" menggema di setiap sudut kantor pusat, mengunggah deretan spekulasi dan kecemasan dari para pemegang saham hingga para eksekutif senior.

Di ruang privat yang remang-remang di lantai atas kantor pusat, Riana duduk termenung di balik meja marmer hitam yang megah. Wajahnya pucat, matanya menyiratkan beban pikiran yang tak terukur. Isu demi isu mulai mencuat, dan tekanan itu terasa semakin berat baginya. Di antara kabar yang beredar, tuduhan percobaan pembunuhan terhadap salah satu eksekutif kunci semakin menyelimuti atmosfer ruangan. Riana tersadar bahwa intrik di sekelilingnya bukan sekadar perdebatan kekuasaan, melainkan pertarungan nyawa demi nyawa.

Bagian Masa Kini

Dengan jari-jemari gemetar, Riana menyusun strategi sambil menatap layar monitor yang menampilkan grafik transaksi perusahaan. Saat itu, ia tidak hanya menghadapi masalah kepemimpinan yang mulai retak, tetapi juga ketegangan antar sesama pemimpin. Di meja keputusan, dua nama terus muncul: Bima dan Farida. Keduanya—yang dahulu tampak solid dalam dukungan terhadap visi harsono—kini kian mencolok dalam usaha mengukuhkan kekuasaan masing-masing. Sementara itu, Riana menyimpan rahasia yang perlahan-lahan menggerogoti hati dan pikirannya, sebuah hubungan yang tersembunyi dengan Tegar, sosok yang jauh dari bayang-bayang kekuasaan dan pengkhianatan.

Dalam upaya mengembalikan kestabilan, Riana mengadakan pertemuan rahasia dengan Arman Prasetyo, seorang penasihat kepercayaan sekaligus eksekutif yang luar biasa cerdas. Di ruangan konferensi yang terletak di gedung milik pribadi, mereka bertukar pikiran tentang strategi bisnis untuk mengatasi kebocoran data yang mengancam keamanan informasi penting dan intrik antar dewan direksi yang semakin rumit.

"Kita harus menenangkan pasar, Riana. Investor internasional sudah mulai menaruh tanda tanya dengan intensitas yang mengejutkan," ujar Arman, dengan nada formal yang menyiratkan ketidakpuasan sekaligus urgensi. Ia meletakkan sebuah berkas tebal di atas meja.

Riana menganggguk perlahan, meskipun dalam hatinya gelisah. "Memang, setiap menit yang berlalu semakin mendekatkan kita kepada krisis. Namun ada hal lain yang harus kupertimbangkan. Tegar... hubungan kita bisa jadi bumerang jika terungkap."

Suasana sekitar semakin tegang ketika angka-angka transaksi melesat tanpa penjelasan yang jelas, dan Riana tahu bahwa di balik setiap keputusan bisnis, terdapat pertarungan moral yang tak pernah berhenti. Secara bersamaan, ingatan masa kecilnya mulai mengusik ketenangan pikiran.

Kilas Balik: Pelajaran dari Masa Remaja

Riana mengingat suatu sore ketika ia masih remaja, duduk di sebuah ruang tamu yang sederhana namun penuh kehangatan. Di tengah percakapan yang tampak ringan, ia menyaksikan konflik kecil antara ayahnya dan rekan bisnisnya. Suasana yang semula akrab segera berubah menjadi tegang ketika celah-celah ambisi muncul. Ayah Riana, dengan nada lembut namun tegas, mengatakan, "Kesetiaan adalah mata uang paling berharga dalam dunia ini. Jangan pernah terjebak oleh godaan ambisi semu." Seolah itulah guru pertama yang menanamkan pada Riana pelajaran tentang pengkhianatan dan ambisi.

Saat itu, meskipun konflik tersebut tampak sepele, Riana merasa ada benih-benih pelajaran mendalam yang kelak akan menghantuinya. Ia belajar bahwa ambisi yang tak terkendali tidak hanya merusak hubungan, tetapi juga dapat menghancurkan fondasi hubungan keluarga yang telah lama tersusun.

Kembali ke Masa Kini: Lanjutan Pertemuan Rahasia

Di ruangan rahasia itu, Riana dan Arman menelaah setiap detail opsi strategis. Rencana mereka melibatkan pengamanan data penting yang telah bocor serta penyesuaian struktur kepemimpinan agar dapat menahan serangan dari pihak internal dan eksternal. Tak hanya itu, Riana juga bergumul dengan perasaannya yang semakin dalam terhadap Tegar. Setiap tatapan Tegar di koridor-koridor kantor menimbulkan getaran yang merisaukan, terutama jika rahasia tersebut jatuh ke tangan lawan.

Arman mempersempit pandangannya. "Riana, kita harus pecahkan masalah transaksi besar ini. Investor dari luar negeri sudah memberikan ultimatum, dan kegagalan menutup negosiasi akan memicu penurunan nilai saham yang signifikan."

Riana menekan bibirnya, mencoba menenangkan kegelisahan yang mengakar di dalam dirinya. "Aku tahu, Arman. Bisnis keluarga ini harus dijaga. Tapi bayangkan jika setiap keputusan yang kulakukan ternyata justru mengorbankan nilai-nilai moral yang telah kutanam sejak kecil."

Di tengah kekacauan itu, telepon di meja Riana berdering dengan nada yang memecah keheningan. Ia mengangkatnya dengan ragu, mendengar suara di seberang yang disertai pesan singkat yang mengguncang: "Seseorang dari dalam keluarga ingin mengakhiri segalanya." Suara itu, bagai petir yang merobek langit, membuat Riana terpaku sejenak. Ia tak pernah menyangka bahwa pengkhianatan bisa datang begitu dekat, bahkan dari kalangan yang selama ini ia percaya.

Kilas Balik: Pelajaran dari Pengalaman Awal Karier

Beberapa tahun yang lalu, sesaat setelah akhirnya lulus dari universitas, Riana dihadapkan pada ujian berat pertamanya di dunia korporat. Saat itu, ia bergabung dengan proyek baru di bawah pengawasan seorang mentor yang sangat dihormati. Namun, proyek itu tiba-tiba disabotase oleh sebuah keputusan internal yang tampaknya tidak logis. Riana yang masih baru merasa bingung dan terluka oleh apa yang ia saksikan.

Dalam sebuah pertemuan internal yang tegang, sang mentor dengan nada kecewa berujar, "Ambisi buta yang menggerogoti integritas kita telah memutuskan tali persaudaraan. Kita harus belajar bahwa dalam bisnis, kepercayaan adalah aset yang paling berharga."

Kata-kata itu terus menghantui Riana. Pengalaman itu memberinya pemahaman mendalam bahwa setiap langkah ambisi memiliki harga. Meski ia masih muda, peristiwa itu mengajarkannya untuk selalu berpikir dua kali sebelum mengambil keputusan yang bisa membawa risiko lebih dari sekadar kerugian finansial.

Kembali ke Aksi Masa Kini: Tiga Tahap Konflik yang Semakin Meningkat

Setelah percakapan yang panjang dan tegang dengan Arman, Riana memberi isyarat kepada timnya untuk segera menindaklanjuti setiap detil dalam negosiasi transaksi besar.

Tahap Pertama - Ancaman Internal: Kecurigaan mulai muncul di antara anggota dewan. Bima dan Farida terlihat semakin terpolarisasi; keduanya saling mencari celah untuk menyuntikkan ambisi pribadi ke dalam keputusan strategis. Di antara bisik-bisik yang terjadi di lorong-lorong perusahaan, terdengar bahwa ada pihak yang diam-diam mendukung salah satu dari mereka untuk mengukuhkan kekuasaan.

Dalam sebuah pertemuan kecil di ruang briefing, salah seorang eksekutif berbisik kepada rekannya, "Aku mendengar kabar bahwa Farida mempunyai agenda tersembunyi terkait proyek merger. Jangan percaya dengan senyum manisnya."

Tahap Kedua - Tekanan Investor Internasional: Transaksi besar yang sedang dinegosiasikan mendapatkan tekanan ekstra dari investor asing yang sudah tidak sabar lagi menunggu hasil yang pasti. Setiap pertemuan bisnis kini sarat dengan risiko. Riana harus memastikan bahwa setiap keputusan tidak hanya memuaskan pihak internal, tetapi juga menenangkan kekhawatiran para investor yang semakin gelisah.

Di ruang pertemuan bergaya modern dengan dinding kaca transparan yang menampilkan pemandangan kota, pimpinan tim negosiasi memperingatkan, "Jika kita tidak segera menunjukkan kemajuan konkret, kepercayaan investor bisa runtuh begitu saja." Suasana semakin menegangkan, seolah setiap detik adalah pertempuran antara logika dan ambisi.

Tahap Ketiga - Konflik antara Loyalitas Pribadi dan Bisnis: Di tengah semua intrik dan tekanan eksternal, Riana sendiri terjebak dalam dilema moral yang mengoyak jiwanya. Hubungannya dengan Tegar, yang dulu hanya sekadar rahasia manis, kini menghadapi ujian berat jika terungkap ke publik. Ia tahu bahwa keterlibatan emosional ini berpotensi mengganggu objektivitasnya dalam mengambil keputusan yang krusial.

Suatu malam yang sunyi, saat Riana berada di ruang kerjanya yang remang, ia mengingat pesan yang pernah diucapkan oleh sang mentor ketika ia masih baru di dunia bisnis: "Hati dan pikiran harus berjalan seiring, namun jangan sampai salah satunya menutup jalan bagi yang lainnya." Sementara pikiran terus berputar dan dilema kian mendalam, ia pun merasakan beratnya tanggung jawab yang menggantung di pundaknya.

Kilas Balik: Kenangan akan Kesalahan Fatal dalam Keputusan Besar

Di tengah babak awal kariernya, Riana pernah terlibat dalam sebuah transaksi yang ternyata mengandung banyak rahasia gelap. Transaksi itu berupa akuisisi perusahaan kecil yang ternyata menutupi kebocoran dana dan hubungan terlarang antara pejabat senior. Riana, yang masih penuh idealisme, mendapati dirinya terseret dalam pusaran konflik yang membuatnya harus memilih antara kesetiaan kepada prinsip atau keberpihakan kepada kekuasaan.

Dalam salah satu pertemuan penting, seorang rekan kerja tersenyum sinis dan berkata, "Dalam dunia bisnis, kadang kebenaran harus dikorbankan demi keuntungan, dan setiap tindakan ada harganya." Kata-kata itu mengakar dalam ingatan Riana, meninggalkan luka yang perlahan sembuh namun terus mempengaruhi cara pandangnya terhadap setiap negosiasi dan keputusan besar.

Puncak Ketegangan dan Saat-saat Menentukan

Kembali ke pusat perdebatan korporat, tekanan semakin meningkat. Setiap pihak memainkan kartu mereka dengan hati-hati, namun di balik senyum profesional dan diskusi formal, rahasia gelap mulai mencuat. Farida, yang selama ini tampak tenang, kini terjebak dalam bayang-bayang masa lalunya yang sulit dilupakan. Hubungan gelap yang pernah ia jalin dengan seorang eksekutif senior kini muncul sebagai senjata dalam pertarungan untuk mempertahankan posisinya.

Di ruang rapat yang diselimuti bayangan lampu redup, Riana menyaksikan dengan seksama bagaimana para eksekutif satu persatu memainkan peran mereka. Di balik setiap argumen dan pernyataan, tersimpan niat untuk menggoyahkan fondasi kepemimpinan grup Harsono.

"Kita harus terus waspada," ujar Riana dengan suara tenang namun tegas kepada timnya. "Setiap langkah kita harus terukur. Kita tidak bisa membiarkan ambisi pribadi mengaburkan tujuan utama kita: menjaga keberlangsungan dan integritas perusahaan."

Sementara itu, di sudut ruangan, tatapan Riana tertuju pada layar monitor yang terus menampilkan data transaksi dan grafik naik turun. Dia merasa bahwa setiap angka adalah representasi kehidupan orang-orang yang terjebak dalam permainan kekuasaan yang begitu mematikan.

Mengenali Pengkhianatan dari Dalam

Tepat ketika suasana mulai mencapai titik didih, telepon Riana berdering kembali. Kali ini, suara di seberang terdengar lebih jelas dan menggema dengan urgensi yang tak terbantahkan. "Riana, kami mendapat informasi terbaru. Seseorang dari dalam keluarga ingin mengakhiri segalanya," pesan suara itu menembus keheningan, membuat setiap jantung di ruangan itu berdegup kencang.

Angin dingin seolah menerpa, dan Riana merasakan ketidakpastian yang menekan. Dalam benak dan hatinya, ia tahu bahwa ancaman ini bukanlah sekadar kata-kata kosong. Ada seseorang yang rela mengorbankan segalanya demi kekuasaan, melewati batas moral dan menghancurkan warisan yang telah dibangun dengan susah payah selama bertahun-tahun.

Saat itu, dalam pertemuan rahasia yang berlangsung usia beberapa jam tadi, pertanyaan besar terus menggantung: Siapakah di antara mereka yang mampu mengorbankan nyawa demi kedudukan? Konflik antara Bima dan Farida semakin memuncak dan setiap gerak-gerik di ruang rapat kini penuh dengan kecurigaan dan tanda-tanda pemberontakan yang hampir tersamar.

Refleksi Hati dan Dilema Moral Riana

Dalam keheningan setelah telepon itu, Riana terdiam. Ia menundukkan kepala sejenak, mencoba mengumpulkan semua keping puzzle yang terserak di sekelilingnya. Pikiran tentang Tegar, yang selama ini menjadi oase di tengah kekacauan, kini bercampur dengan bayangan pengkhianatan. Dalam kedalaman jiwanya, dia bertanya, apakah cinta dan loyalitas bisa bertahan di tengah badai ambisi yang begitu ganas?

Sejak kecil, ajaran tentang pentingnya integritas telah mengakar dalam dirinya. Setiap kilas balik dari masa lalu—dari pelajaran ayahnya, pengalaman pahit di awal karier, hingga kegagalan dalam transaksi yang membuatnya terluka—menjadi landasan dalam menghadapi situasi sulit ini. Namun, di dunia bisnis yang keras dan penuh tipu muslihat, niat baik saja sering kali tak cukup untuk melindungi orang-orang yang kita cintai.

"Kita harus segera mencari tahu dari mana ancaman ini berasal," gumam Riana dalam hati. Ia tahu bahwa waktu semakin menipis dan setiap detik yang berlalu dapat membuka jalan bagi lebih banyak kehancuran. Dalam benaknya, ia mencoba mengingat pelajaran masa lalu: bahwa kepercayaan harus dijaga dengan seksama, karena terkadang pengkhianatan datang dari arah yang tidak terduga.

Ia kemudian menulis pesan singkat ke Arman, menginstruksikan agar setiap pertemuan dan komunikasi internal diperketat. "Pastikan semua akses ke data kritis dan komunikasi rahasia dipantau dengan seksama. Kita tak boleh lengah."

Detik-detik Menentukan: Jalan Menuju Titik Balik

Dengan situasi yang semakin memanas, Riana memutuskan bahwa sudah saatnya untuk mengambil langkah berani. Ia mengorganisir satu pertemuan darurat yang mengundang para pemimpin kunci dalam grup Harsono. Di sebuah ruang rapat yang ditata secara profesional dan sunyi, setiap wajah menunjukkan kegelisahan yang mendalam.

"Kita menghadapi krisis yang lebih besar dari sekadar masalah finansial," ujar Riana dengan lantang di depan segenap hadirin. "Ketika pengkhianatan menyusup ke dalam keluarga kita, bukan hanya nilai saham yang terancam, melainkan juga fondasi moral dan kepercayaan yang selama ini telah kita bangun. Saya minta setiap dari kalian untuk menjaga integritas, dan jika ada yang mencoba menjatuhkan kita, akan ada konsekuensinya."

Ucapan Riana bergema di ruangan itu, seolah mengingatkan semua orang bahwa di balik kesan profesionalisme terdapat hati yang rentan terhadap pengkhianatan. Tatapan tajam Bima dan Farida saling bertaut, masing-masing menyimpan rahasia dan ambisi yang siap meledak kapan saja.

Menuju Kesimpulan yang Menggantung

Di penghujung pertemuan, suasana semakin mencekam. Setiap sudut ruangan pun terasa menyembunyikan bisikan-bisikan rahasia yang tidak diungkap. Riana memandang ke arah jendela besar, di mana lampu kota berkelap-kelip seolah menyindir kerapuhan tatanan kehidupan mereka.

Dalam hati, ia menyadari bahwa konflik kali ini bukanlah sekadar pertikaian bisnis biasa, melainkan pertempuran antara nilai-nilai moral dan ambisi yang merajalela. Dia tahu bahwa keputusan apa pun yang diambilnya akan menjadi penentu nasib grup Harsono dan juga harus menentang arus gelap pengkhianatan dari dalam keluarga.

Tiba-tiba, telepon di mejanya berdering sekali lagi, kali ini dengan nada yang jauh lebih menakutkan dan tak terduga. Suara di seberang menyampaikan pesan yang membuat darah

Riana membeku: "Ini bukan sekadar ancaman retorika. Ada tindakan nyata yang sedang dipersiapkan. Bersiaplah, karena malam ini segalanya akan berubah."

Di tengah keheningan yang mencekam itu, Riana menatap layar teleponnya dengan pandangan penuh pertanyaan. Di balik setiap kata yang terucap, tersimpan niat dan pengkhianatan yang menunggu untuk meledak. Dengan suara yang hampir tak terdengar, ia berbisik pada dirinya sendiri, "Siapakah di antara kita yang sanggup mengorbankan nyawa demi merebut kekuasaan?"

Bab ini pun berakhir dengan sebuah cliffhanger yang menggantung, meninggalkan pembaca di ambang ketegangan yang tak terpecahkan. Dalam kegelapan malam yang menyelimuti kantor pusat grup Harsono, ancaman baru dan rencana licik mulai tersusun. Apakah Riana akan berhasil mengungkap rahasia di balik pesan misterius itu? Ataukah kekuatan pengkhianatan dan ambisi akan mengubah segalanya selamanya?

Langit malam di luar jendela seolah ikut bersaksi, menyaksikan sebuah dunia yang terbelah antara kebaikan dan kejahatan, setia dan berkhianat. Hanya waktu yang dapat menjawabnya, dan setiap detik ke depan akan menentukan apakah integritas dapat bertahan di tengah badai ambisi yang semakin menggila.

Bab 6

Jejak Luka di Antara Papan Skor

Di tengah riuh rendah dunia bisnis Singapura yang selalu berdenyut dengan inovasi dan kompetisi, Grup Harsono kembali mencuat sebagai salah satu kekuatan utama yang siap memimpin tren baru. Berita yang berjudul "Inovasi Teknologi dan Revitalisasi Hotel Mewah: Grup Harsono Siap Pimpin Tren Baru" beredar di media, menandakan bahwa proyek ambisius perusahaan untuk meluncurkan hotel mewah berbasis teknologi di jantung kota global semakin mendekati puncaknya.

Riana, sosok yang selama ini dikenal visioner dan berani mengambil risiko, kini menghadapi tantangan terbesar dalam karirnya. Di ruang diskusi strategis yang didesain mewah, dengan dinding kaca yang menawan pemandangan Marina Bay, ia menyusun pemikiran dan rencana aksi yang revolusioner. Setiap detail rencana tercermin dari keseimbangan antara tradisi dan inovasi, suatu konsep yang tidak hanya menjanjikan keuntungan bisnis, tetapi juga merevitalisasi identitas dan warisan keluarga Harsono.

Rencana tersebut mengundang perdebatan sengit. Bima dan Farida, dua figur internal yang tak segan-segan mempertanyakan arah kebijakan, dengan lantang menuduh bahwa inovasi yang diusung Riana justru akan mengaburkan identitas perusahaan yang telah dikenal luas selama beberapa generasi. Mereka khawatir bahwa terlalu banyak eksperimentasi dan teknologi tinggi dapat menggantikan nuansa warisan, merusak kepercayaan investor yang telah lama membangun kerja sama dengan Grup Harsono.

Dalam rapat besar yang berlangsung di ruang konferensi berlantai tinggi, Riana dengan tegas memaparkan ide-idenya. Suasana tegang menyelubungi ruangan megah yang dilengkapi dengan layar digital canggih, di mana grafik dan data seolah-olah berkomunikasi dalam bahasa modernitas. Di antara kotak-kotak presentasi dan diagram interaktif, Riana menyampaikan tentang potensi sinergi antara elemen tradisional dan sistem teknologi terkini, serta bagaimana proyek hotel mewah tersebut akan menjadi yang perdana di Singapura. Ia menyebut beberapa contoh landmark dalam industri perhotelan mewah, seperti Marina Bay Sands yang selalu menantang konvensi desain, Raffles Hotel yang legendaris dengan keanggunan masa lalu, dan Capella Singapore yang kini menjadi ikon kemewahan dengan pendekatan pelayanan yang personal.

Namun, tidak semua hadirin menyambut ide tersebut dengan tangan terbuka. Bima membuka argumen bahwa inovasi tidak boleh mengorbankan nilai-nilai inti perusahaan. "Kita telah membangun reputasi selama puluhan tahun dengan menghadirkan keaslian dan kacaiban tradisional sebagai penanda identitas. Menyatukan teknologi modern dalam bentuk yang terlalu mutakhir bisa membuat kita tersesat dalam bayang-bayang tren sementara," ujar Bima dengan nada tegas yang mencerminkan kekhawatirannya.

Farida, di sisi lain, mempertegas keraguannya dengan menyatakan bahwa data keuangan dan performa proyek sebelumnya menunjukkan bahwa risiko teknologi baru dalam industri perhotelan mewah di Singapura telah diperhitungkan secara matang. Namun, ia menuduh bahwa ide-ide Riana hanya merupakan sebatas eksperimen yang berpotensi memicu kegagalan yang tidak diinginkan. Suasana rapat pun semakin memanas, memicu debat yang kian sengit dan nyaris merobek-robek kepentingan bersama.

Di tengah hiruk pikuk debat dan intrik internal, pikiran Riana sesekali melayang kepada Tegar. Setiap kali tatapan matanya dipenuhi ketegangan, ia seolah menemukan ketenangan dalam kisah masa lalu mereka, kisah yang terukir di sebuah pameran seni bergengsi di Singapura beberapa tahun yang lalu.

Kilas Balik

Kilas balik membawa kita ke sebuah ruang pameran seni yang lembut, dengan lampu-lampu remang dan karya-karya seni yang menyentuh jiwa. Saat itu, Riana sedang menghadiri sebuah pameran yang menampilkan lukisan-lukisan kontemporer dan instalasi digital. Di tengah keramaian itu, ia tanpa sengaja bertemu dengan Tegar, seorang arsitek muda yang memiliki reputasi kreatif dan progresif. Percakapan ringan yang dimulai dengan pujian terhadap sebuah patung abstrak dengan cepat berkembang menjadi diskusi mendalam tentang impian, perjuangan, dan luka masa lalu yang belum sembuh.

Mereka berbagi kisah tentang kerinduan akan keaslian dalam dunia yang semakin terdigitalisasi, dan tentang bagaimana tradisi dapat tetap hidup meskipun tergoda oleh kecanggihan teknologi. Momen itu, walaupun singkat, menanam benih harapan dan kepercayaan yang tulus di benak Riana. Tegar menjadi oasis di tengah badai intrik dan tekanan bisnis yang kemudian melanda kehidupan profesionalnya. Namun, hubungan mereka sempat terhambat oleh kenyataan bahwa mereka berada di sisi kepentingan yang berbeda; Tegar lebih memilih dunia seni dan arsitektur murni, sedangkan Riana terjebak dalam dinamika korporat yang penuh tekanan.

Kilas balik itu berlangsung sekitar 30% dari ingatan Riana, namun memiliki dampak mendalam yang tak bisa ia lupakan. Ia mengingat senyum Tegar yang lembut, caranya memandang dunia, hingga kepercayaan yang ia berikan dalam setiap kata-kata yang diucapkan. Meskipun saat ini beban tanggung jawab membuat Riana terjebak dalam ketegangan rapat, ingatan terhadap Tegar menjadi sumber kekuatan yang senantiasa memberinya motivasi untuk melangkah lebih jauh.

Kembali ke Masa Kini

Kembali ke ruangan rapat yang dipenuhi dirinya dan para eksekutif, Riana berusaha menanggulangi tekanan yang semakin memuncak. Setelah debat yang panjang, suasana semakin suram seiring desas-desus mengenai kecurangan mulai merayap di antara para pemegang saham. Angin perubahan mulai bertiup, membawa serta canda tawa palsu dan bisikan-bisikan rahasia di balik meja-meja bundar yang berlapis marmer putih.

Usai rapat, langkah kaki Riana terasa semakin berat. Ia menyadari bahwa bukan hanya pertarungan ide yang harus dimenangkan, tetapi juga perang psikologis antar pemegang saham yang kini terpecah antara loyalitas lama dan ambisi baru. Dalam keheningan sebuah lorong panjang yang menghubungkan ruang rapat dengan kantornya, Riana menerima sebuah paket misterius yang diserahkan oleh seorang karyawan bayangan. Tanpa ada kata lebih, paket itu kemudian disembunyikannya dalam tas kulit mewah yang menjadi ciri khasnya, seolah menyimpan rahasia yang mampu meruntuhkan tatanan kekuasaan di dalam perusahaan.

Paket itu berisi data rahasia proyek, lengkap dengan rincian teknis yang belum pernah dipublikasikan, serta foto-foto kompromi yang secara tidak langsung menunjukkan keterlibatan Farida dalam serangkaian transaksi gelap yang bisa menghancurkan reputasinya. Di saat matahari mulai merunduk di balik gedung pencakar langit, Riana menatap layar ponselnya yang menampilkan laporan keuangan dan grafik tren investasi. Angka-angka itu seolah berbicara, menegaskan bahwa proyek hotel mewah dengan sentuhan teknologi tinggi yang sebelumnya penuh harapan kini terselimuti bayang-bayang kecurangan.

Dengan tatapan tegas dan hati yang berdebar, Riana memutuskan bahwa ia tidak akan mundur. Bukti yang diterimanya akan menjadi titik balik. Ia berjanji pada diri sendiri, sambil mengingat kembali senyum Tegar dan percakapan mendalam mereka di pameran seni, bahwa ia akan meluruskan kesalahan dan memastikan kebenaran menang. Meski konflik internal masih menyelimuti, ia tahu bahwa langkah-langkah selanjutnya harus diambil dengan perhitungan yang matang, mengingat beratnya konsekuensi yang mungkin terjadi.

Intrik Politik dan Taktik Bisnis

Tidak lama setelah paket misterius itu tiba, suasana kantor menjadi semakin tegang. Berita mengenai desas-desus tentang kecurangan dalam proyek teknologi mulai menyebar di antara para pemegang saham dan manajemen senior. Anggota dewan mulai mempertanyakan kelayakan rencana Riana, sambil mencari-cari tahu siapa di balik manipulasi data yang menyebabkan ketidakpercayaan ini. Dalam rapat-rapat kecil yang berlangsung di ruang-ruang privat di gedung-gedung mewah di Singapura, nama Farida sering kali muncul sebagai pusat kecurigaan. Sejumlah bukti yang mulai menyusun potongan-potongan teka-teki telah menunjukkan bahwa ia berusaha menggoyahkan fondasi kepercayaan yang selama ini menjadi penjaga stabilitas Grup Harsono.

Arman Prasetyo, seorang tokoh strategis dengan keahlian dalam politik perusahaan, mulai memainkan kartunya. Dalam percakapan rahasia di sebuah kafe butik dekat pusat keuangan, Arman menyampaikan informasi kepada sekelompok investor terpilih. Informasi itu, yang didapatkan dari sumber internal, mengungkapkan adanya transfer dana mencurigakan dan penyelewengan dana pada proyek hotel mewah yang menggunakan teknologi tinggi. Ia juga menyebutkan bahwa ada keterlibatan pihak ketiga yang berambisi untuk menjatuhkan posisi Riana sekaligus mengalihkan kendali perusahaan ke ujung jari mereka yang tak dikenal. Riana pun tak luput dari pengamatan ini, dan ia mulai menyusun strategi untuk menghadapi setiap serangan yang datang tanpa diduga.

Dalam upaya mengonsolidasikan kekuatan dan mendapatkan kembali kepercayaan para investor, Riana mengadakan serangkaian pertemuan tertutup. Di salah satu ruangan rapat yang elegan dengan jendela menghadap ke skyline Singapura yang menakjubkan, ia dengan hati-hati memaparkan bukti-bukti yang berhasil ia kumpulkan. Data dan foto-foto kompromi yang menyangkut Farida diajukan sebagai alat bukti dalam rapat tersebut, meskipun ia menyadari bahwa hal itu belum sepenuhnya menyelesaikan seluruh konflik yang ada.

Referensi industri perhotelan mewah terus muncul dalam diskusi-diskusi tersebut. Salah satu investor senior menyebut bahwa jika Grup Harsono mampu mengintegrasikan teknologi secara bijaksana, maka proyek yang mengacu pada model inovatif seperti yang dilakukan oleh Marina Bay Sands dan Capella Singapore bisa menghasilkan sinergi luar biasa. Investasi di sektor perhotelan mewah di Singapura memang dikenal dengan dinamika yang kompleks namun juga menjanjikan margin keuntungan yang tinggi, asalkan manajemen mampu mempertahankan nilai-nilai eksklusif yang telah menjadi ciri khas dari institusi-institusi legendaris seperti Raffles Hotel dan The Fullerton Hotel.

Rencana strategis Riana pun mendapatkan dukungan dari beberapa pihak, meskipun ia masih menghadapi perlawanan keras dari faksi internal yang dipimpin oleh Bima dan Farida. Ia berupaya menunjukkan bahwa inovasi teknologi bukanlah musuh tradisi, melainkan alat untuk menyempurnakan warisan yang telah dibangun dengan susah payah. Dalam rapat berikutnya, Riana menyajikan analisis mendalam yang mengaitkan keberhasilan proyek-proyek inovatif di industri perhotelan mewah dengan kebijakan manajemen risiko yang tepat. Anekdot mengenai perkembangan sistem check-in otomatis serta teknologi augmented reality untuk pengalaman tamu secara langsung menjadi pembuka diskusi yang menarik banyak perhatian para investor.

Klimaks dan Pengungkapan Bukti

Seiring dengan berjalannya waktu, tekanan dalam lingkungan kantor semakin memuncak. Riana kini harus mengatasi perlawanan dari dua arah: pertentangan internal yang berasal dari Bima serta skandal yang semakin mengaburkan integritas Farida. Di tengah, ia terus mengandalkan inspirasinya dari masa lalu, di mana Tegar pernah menyemangatinya melalui kata-kata bijaknya bahwa "kebenaran selalu muncul walaupun jalan menuju ke sana terjal dan penuh rintangan."

Suatu malam, setelah seharian penuh dengan pertemuan dan negosiasi yang intens, Riana duduk sendiri di balkon kantornya yang menghadap megahnya gedung-gedung pencakar langit Singapura. Angin malam berhembus seolah membisikkan tantangan baru ke telinganya. Dalam kehampaan itu, ia membuka paket misterius yang diterimanya, sambil memproyeksikan bayangan masa lalu maupun harapan akan masa depan. Ia memperhatikan setiap detail data dan foto kompromi Farida yang ditampilkan dengan jelas pada layar tablet-nya. Seketika, kepastian mulai tersusun: bukti itu menunjukkan tidak hanya adanya penyelewengan dana, tetapi juga indikasi rekayasa data yang sengaja dilakukan untuk mengalihkan perhatian dari kinerja buruk proyek teknologi.

Dengan tekad yang semakin menguat, Riana menyusun rencana langkah selanjutnya. Langkah yang diambilnya harus mempertimbangkan risiko tinggi, mengingat posisi strategisnya di tengah persaingan dan intrik kudeta internal. Ia tahu bahwa saat sinar matahari pagi kembali menerangi kota, ia harus menghadiri rapat dewan yang akan menentukan nasib proyek hotel mewah tersebut. Di situ, ia berniat untuk mengungkapkan semua bukti yang telah dikumpulkan sebagai senjata utama melawan kekuatan jahat yang ingin menggoyahkan keutuhan keluarga Harsono.

Dalam rapat dewan yang dilaksanakan di ruang konferensi futuristik dengan fasilitas digital yang mengingatkan pada inovasi yang diterapkan oleh Marina Bay Sands, Riana dengan gemetar namun tegas mempresentasikan hasil investigasinya. Ia menjelaskan bahwa data tersebut menunjukkan adanya transaksi mencurigakan yang mengindikasikan manipulasi keuangan dan penggerakan dana yang melanggar etika bisnis. Ia menekankan, "Teknologi yang kami gunakan dalam proyek ini bertujuan untuk menciptakan pengalaman tamu yang tak tertandingi—sesuatu yang tidak hanya mengandalkan keanggunan masa lalu seperti Raffles Hotel, tetapi juga menampilkan keunggulan modern yang bisa mengalahkan ekspektasi, seperti yang telah dibuktikan oleh Capella Singapore."

Argumen Riana mulai menggugah sebagian besar hadirin. Meskipun Bima dan Farida berusaha dengan segala cara mempertahankan posisi mereka, momentum bukti yang diungkapkan semakin sulit untuk diabaikan. Meski begitu, resolusi rapat tidak langsung membawa kesimpulan akhir, sehingga konflik yang membelah internal perusahaan masih tersisa. Namun, satu hal yang pasti: kecurangan Farida telah terbukti secara nyata, dan ini menjadi angin segar bagi mereka yang masih percaya pada visi Riana.

Pertemuan Akhir di Balik Bayang-Bayang

Setelah rapat, di lorong-lorong sunyi gedung perusahaan, Riana menerima sambutan hangat dari beberapa kolega yang percaya akan integritas dan kemajuan visi yang ia bawa. Namun, dalam setiap pelukan dan kata semangat, terselip bayangan kesedihan karena konflik yang belum selesai. Ia teringat kembali akan Tegar; kehadirannya yang lembut meski hanya sejenak saat ingatan melintas. Di sebuah kafe kecil yang nyaman di kawasan Marina Bay, Riana akhirnya bertemu Tegar untuk berbincang, meskipun pertemuan ini hanya berlangsung singkat dan menyentuh sekitar 30% dari total perjalanan emosinya dalam bab ini.

Mereka duduk di sudut ruangan dengan pemandangan lampu kota yang berkelap-kelip. Tegar dengan sabar mendengarkan cerita tentang tekanan yang dihadapinya, kegelisahan karena konflik internal, dan beban tanggung jawab yang semakin menumpuk. "Riana, kamu selalu punya kekuatan untuk menemukan jalan meski badai menghantam. Kebenaran itu seperti cahaya, meski perlahan, akan menembus kegelapan," ucap Tegar dengan lembut sambil menggenggam tangan Riana. Riana tersenyum getir, menyadari bahwa dukungan Tegar adalah oase di tengah kekeringan perasaan. Meski momen romantis itu singkat, ia memberikan kekuatan ekstra untuk melangkah menghadapi realita kriminal yang ada.

Dengan berakhirnya pertemuan itu, Riana kembali melangkah ke ruang kerjanya, membawa secercah harapan sekaligus tekad yang membara. Ia merencanakan langkah strategis berikutnya—sebuah pengungkapan publik yang akan menggebrak tatanan internal, namun belum menyimpulkan konflik sepenuhnya. Bima dan Farida masih berjuang mempertahankan kekuasaan masing-masing, dan intrik politik di dalam perusahaan masih menjulang tinggi seperti bayang-bayang menakutkan di antara pencakar langit Singapura.

Penutup Bab 6

Bab ini berakhir dengan Riana yang berdiri di depan jendela kantornya, matanya memandang jauh ke kota semarak yang penuh dengan ambisi dan tantangan. Bukti kecurangan Farida sudah jelas, dan langkah reformasi telah dimulai. Namun, konflik internal yang berakar dalam tradisi dan perbedaan visi belum menemukan solusinya. Dengan tekad yang bulat, Riana bersumpah untuk meluruskan jalan yang telah terbelok oleh intrik dan tipu daya, demi kebaikan masa depan Grup Harsono dan melestarikan warisan yang telah ada sejak lama.

Sementara itu, cahaya lampu kota berbaur dengan harapan baru, menandakan bahwa meskipun jalan yang ditempuh penuh dengan luka dan tantangan, setiap langkah akan membawa mereka semakin dekat kepada kebenaran dan keadilan. Cerita ini tidak berakhir di sini, melainkan membuka babak baru dalam perjuangan Riana untuk melindungi identitas dan masa depan perusahaan, serta mengukir kisah cinta yang menjadi penyeimbang di tengah keganasan dunia bisnis Singapura.

Dengan pengungkapan bukti yang menggebrak, para pemegang saham dan rekan kerja kini berada di persimpangan jalan antara mempertahankan status quo dan merangkul inovasi yang penuh tantangan. Apakah kebenaran yang terungkap akan mampu mengakhiri kekacauan, atau justru menimbulkan konflik baru yang lebih mendalam? Hanya waktu yang akan menjawab, namun satu hal pasti: Riana tidak akan berhenti melangkah, meski bayang-bayang dan luka masa lalu tetap menghantui setiap langkahnya.

Grup Harsono, dengan semua liku dan konflik internalnya, kini berdiri sebagai simbol perubahan dan keberanian untuk mengambil risiko. Di tengah gemerlap gemilang proyek hotel mewah yang menggabungkan teknologi mutakhir dan nilai-nilai tradisional, warisan sebuah keluarga dan keyakinan akan masa depan tetap tertulis dalam setiap jejak langkah di antara papan skor bisnis yang semakin kompetitif.

Bab ini menutup dengan sebuah janji yang tergurat di hati Riana: bahwa keadilan dan inovasi akan selalu menang atas intrik dan korupsi, meski harus mengorbankan kenyamanan dan keamanan diri. Ia tahu, perjuangan belum usai, namun tekad untuk meluruskan jalan yang benar akan terus menyala, bagai lentera di tengah malam yang paling gelap.

Dalam dunia di mana teknologi dan tradisi bertarung untuk mendapatkan tempat yang tepat, kisah Riana adalah cermin dari keberanian yang harus dimiliki setiap pemimpin. Dengan bukti di tangan dan pengalaman masa lalu sebagai bekal, ia siap menghadapi badai yang akan datang, dengan harapan bahwa suatu hari, semuanya akan berpihak pada keadilan dan inovasi yang murni.

Inilah jejak luka yang tertoreh di antara papan skor ambisi dan konflik, sebuah bab yang penuh intrik, pengkhianatan, dan harapan. Kisah Riana dan Grup Harsono masih panjang, dan setiap bab yang tersisa akan menyimpan lapisan misteri serta kekuatan yang membawa mereka lebih dekat kepada masa depan yang penuh kemungkinan.

Saat fajar mulai menerangi cakrawala, Riana menarik napas panjang dan bersiap menghadapi hari baru yang penuh dengan tantangan. Di balik setiap kecurigaan, terdapat benih kebenaran yang menunggu untuk tumbuh, dan di balik setiap luka, ada kekuatan yang siap mengubah nasib. Bab 6 telah ditutup, namun semangat perjuangan dan keinginan untuk memperbaiki kesalahan akan terus hidup di setiap langkah ke depan.

Dan dengan demikian, kisah ini menyisakan pertanyaan: Akankah langkah keberanian ini mampu menciptakan era baru dalam industri perhotelan mewah di Singapura, yang menggabungkan keanggunan tradisional dan teknologi canggih untuk menaklukkan pasar global? Jawaban atas pertanyaan itu, masih tersimpan di balik tirai waktu dan intrik yang semakin dalam, menunggu saat yang tepat untuk terungkap.

Bab 7

Menerobos Batas Kebenaran

Hujan gerimis menyusup melalui jendela ruang rapat yang mewah di lantai atas gedung pusat Grup Harsono. Riana berdiri di depan meja panjang yang dipenuhi laporan keuangan, grafik pertumbuhan, serta dokumen-dokumen rahasia yang baru saja ia gali dari arsip lama. Wajahnya yang anggun, kini tersungging antara tekad dan kecemasan, seolah mencerminkan beban ambisi yang harus ia tanggung untuk memperbaiki nama baik dan memimpin transformasi digital perusahaan.

Suasana ruang rapat dipenuhi ketegangan. Di sekelilingnya, para dewan direksi berkumpul dengan tatapan tajam. Di antara mereka, Arman Prasetyo—wajah yang selama ini dianggap sebagai rekan kerja sekaligus pengkhianat—telah menunjuk beberapa anggota dewan sebagai kambing hitam atas kehancuran reputasi korporat. Namun, bagi Riana, hari ini adalah waktu untuk memecah kebekuan masa lalu dan menerobos batas-batas kebenaran.

Visi Masa Depan di Tengah Krisis

"Kita berada di persimpangan sejarah," ujar Riana dengan suara tenang saat layar konferensi video menyala. Di hadapan para investor global yang terhubung dari berbagai belahan dunia, ia menyusun strategi rapi untuk membersihkan noda kontroversial yang terkait dengan kebijakan kontroversial ayahnya, Indra. "Transformasi digital tidak hanya tentang teknologi, tetapi juga integritas dan keberanian untuk menyongsong masa depan."

Dalam rapat virtual tersebut, setiap kata Riana diperhitungkan. Setiap jeda, setiap intonasi, dan setiap ekspresi wajah di balik layar menyiratkan dilema moral yang mendalam. Dalam monolog batinnya, Riana mengingat kembali janji yang pernah ia buat pada dirinya sendiri—janji untuk selalu memilih kebenaran, meski harus menentang arus kekuasaan. "Apakah aku cukup kuat untuk membuka tabir masa lalu dan membuktikan bahwa perubahan nyata mungkin terjadi?" pikirnya, seolah menanyakan ke dalam dirinya yang paling dalam.

Namun, di balik keberaniannya, ada bayang-bayang hubungan terlarang dengan Tegar yang terus mengganggu. Desas-desus tentang kedekatan mereka telah menyebar bagai api di tengah padang kering. Meski tampak profesional di depan umum, hati Riana dipenuhi keraguan tentang bagaimana hubungan tersebut bisa berdampak pada kepemimpinan dan reputasi perusahaan.

Kilas Balik di Perpustakaan Harvard

Di sebuah ruangan yang dingin dan remang di perpustakaan kampus Harvard, Riana mengingat kembali masa mudanya bersama Tegar. Saat itu, mereka duduk bersisian di antara deretan buku tua yang menyimpan mimpi-mimpi besar dan idealisme tanpa batas. Mereka berbincang tentang masa depan, mengecap cita-cita dengan semangat yang membara. "Kita akan mengubah dunia, Tegar. Aku yakin dengan mimpi kita," ujar Riana sambil menatap mata Tegar, yang dipenuhi harapan dan semangat.

Kenangan itu terasa begitu kontras dengan realitas keras yang kini mereka hadapi. Kelembutan masa lalu tergerus oleh ombak kisah korporat yang penuh intrik dan konflik. Saat ia mengingat tatapan penuh arti dari Tegar di perpustakaan tua itu, Riana sejenak melupakan beban masa kini—meski bayang-bayangnya terus menghantui.

Konfrontasi Pertama dengan Dewan Direksi

Kembali ke ruangan rapat modern, ketegangan kembali memuncak ketika dewan direksi menginginkan penjelasan lebih mendalam mengenai data-data kontroversial yang telah muncul di publik. Salah satu anggota dewan, seorang pria berambut abu-abu dengan ekspresi sinis, dengan lantang menyuarakan pertanyaan yang menantang: "Riana, apakah kau benar-benar memahami konsekuensi dari membuka tabir masa lalu keluarga kita? Ayahmu telah meninggalkan bekas yang tidak mudah untuk disembuhkan."

Riana menatap tajam sang dewan, seolah menyiapkan diri menghadapi badai yang akan datang. "Saya memahami sepenuhnya," jawabnya dengan suara tegas namun penuh keraguan. "Namun, kebenaran adalah fondasi dari setiap transformasi. Kita tidak bisa mengabaikan masa lalu jika ingin membangun masa depan yang lebih cerah." Suaranya menggema di antara dinding ruangan bergaya klasik yang dipenuhi lukisan dan simbol keagungan korporasi.

Hati dan pikiran Riana terpaut antara kewajiban profesional dan dilema pribadinya. Di satu sisi, ia bertekad untuk mengembalikan kepercayaan investor, namun di sisi lain, hubungan yang rumit dengan Tegar dan intrik yang tersebar semakin menambah kerumitan. Saat mata dewan mencerminkan keraguan dan kemarahan, ia merasakan setiap kata sebagai beban moral yang harus ia pikul.

Ujian Terberat Dalam Video Konferensi Global

Dengan transisi yang halus, panggung beralih ke layar besar di ruang konferensi, di mana Riana kembali menjabarkan rencana transformasi digital yang ambisius. "Langkah berani kita hari ini adalah untuk menembus batas kebenaran—untuk membersihkan reputasi dan meletakkan dasar bagi era baru dalam dunia bisnis," jelasnya kepada investor yang tersebar di berbagai zona waktu.

Tepat di tengah presentasi, notifikasi darurat muncul di ponselnya. Sebuah video yang mengungkapkan arsip lama tentang kebijakan kontroversial ayahnya mulai viral. Keheningan menyelimuti ruangan tersebut. Beberapa investor mengejutkan, sementara yang lain mulai mengedipkan mata dalam kebingungan. Riana hanya bisa menundukkan pandangan sejenak, merenungi bagaimana masa lalu yang kelam kembali membayangi langkahnya.

"Kita harus menghadapinya," gumamnya, sebelum kembali mengaktifkan kamera dan mikrofon. "Saya mengerti kekhawatiran ini, namun saya yakin bahwa dengan integritas dan komitmen, kita akan mengatasi krisis ini," ujarnya dengan nada yang lebih berat, seolah mencoba menenun benang-benang keyakinan dalam setiap kalimat.

Dalam hati, Riana bertarung dengan kegelisahan yang tak tertahankan. Monolog batin terus berputar: "Inilah saatnya aku membuktikan bahwa aku mampu menembus batas kebenaran, meski harus melawan arus intrik yang telah mengakar lama. Aku harus menjaga kepercayaan para investor dan, yang tak kalah penting, menjaga hati yang telah kuperjuangkan bersama Tegar."

Konfrontasi Kedua—Ketegangan di Ruang Istirahat Dewan

Saat sore menjelang, rapat virtual bertransisi ke pertemuan tatap muka di ruang istirahat dewan direksi. Di sini, Riana kembali menghadapi para eksekutif senior yang mulai mempertanyakan setiap gerak-geriknya. Seorang anggota dewan, dengan nada sinis, menyindir: "Riana, apakah kau yakin data-data yang kau bawa ini bukan bagian dari manipulasi organisasi? Bagaimana kau bisa yakin bahwa dirimu tidak tumpul oleh ambisi pribadi?"

Tatapan Riana menyala dengan kepercayaan diri yang mulai menguat. "Manipulasi adalah kata yang mudah diucapkan. Namun, fakta tidak bisa ditolak. Saya telah menggali setiap arsip, mendengarkan setiap bisik-bisik masa lalu, dan saya tidak akan membiarkan sejarah kita ditulis oleh kepentingan semata," jawabnya dengan tenang namun penuh determinasi.

Suara dewan bergema di ruang sempit, menciptakan atmosfer yang mencekam. Dialog itu berubah menjadi perdebatan sengit, di mana setiap kata adalah senjata dan setiap tatapan adalah penilaian moral. Di balik kata-kata yang tajam itu, kebimbangan batin Riana semakin mendalam. Ia sadar bahwa di setiap pertanyaan yang dilemparkan oleh para eksekutif, ada cermin yang memantulkan fragmen masa lalunya—bayang-bayang pengkhianatan, kesalahan, dan penyesalan.

"Saya paham bahwa masa lalu ayah saya memerlukan penyembuhan, namun masa depan kita tidak bisa ditentukan oleh bayang-bayang itu. Kebenaran harus menjadi pijakan bagi setiap langkah kita ke depan," tegas Riana. Seketika, ruangan pun dipenuhi keheningan yang menegangkan, seolah-olah setiap hadirin tengah menimbang keberanian dan keterbukaan yang baru saja dilontarkan.

Konfrontasi Ketiga—Deklarasi dari Dewan Direksi

Transisi lokasi membawa Riana ke ruang utama dewan, sebuah aula megah yang memancarkan simbol-simbol kejayaan masa lalu dan ambisi masa depan. Di sana, dewan direksi berkumpul untuk memberikan deklarasi terakhir yang akan menentukan arah nasib perusahaan. Dengan wajah keras dan serba formal, pimpinan dewan berdiri dan menyatakan, "Kita harus memilih antara masa lalu yang kelam atau masa depan yang cerah."

Deklarasi itu menggantung di udara, seolah menantang setiap keberanian pribadi yang terlibat. Riana merasakan denyut jantungnya berdetak kencang, dan dalam relung pikirannya, muncul bayangan tentang masa-masa sulit yang telah ia lewati.

"Hari ini, saya berdiri di sini dengan satu tujuan: mengungkapkan kebenaran tanpa kompromi," panggilnya dengan suara bergetar, diiringi gemuruh keheningan yang mendalam.

Dialog pun bermunculan. Seorang dewan, dengan nada acuh tak acuh, bertanya, "Riana, apakah kau sanggup menerima konsekuensi dari membuka luka lama ini?"

Pandangan Riana tidak bergetar, walaupun gelombang emosi seolah menghantam dari segala arah. "Saya telah memilih jalan yang sulit ini demi kebenaran. Saya siap menghadapi konsekuensi apapun, karena integritas dan masa depan kita lebih berharga daripada kenyamanan pikiran," jawabnya, jelas dan tegas.

Momen itu menjadi titik balik yang menentukan arah cerita. Para anggota dewan, meskipun sempat ragu, kini mulai menunjukkan tanda-tanda memahami bahwa keberanian Riana bukanlah sekadar ambisi pribadi, melainkan sebuah panggilan untuk perubahan. Namun, di balik semua konfrontasi tersebut, sebuah pertanyaan masih menyisakan kepingan ketidakpastian: sangkah ia mampu menerobos semua batas yang ada dan membawa keluarga serta perusahaan kembali bersatu?

Gelombang Krisis dan Transformasi Digital

Menjelang malam, setelah serangkaian pertemuan dan konfrontasi yang mengguncang struktur korporat, Riana kembali duduk di ruang pribadinya. Lampu-lampu ruang kerja menyala redup, menyoroti tumpukan dokumen dan layar komputer yang terus menampilkan update terbaru situasi pasar global. Di tengah kekacauan data dan notifikasi media yang tak berhenti, ia menyusun strategi transformasi digital yang revolusioner.

"Ini bukan sekadar perubahan teknis, melainkan sebuah metamorfosis budaya organisasi," gumamnya sambil merangkai langkah demi langkah yang akan ia laksanakan. Dalam benaknya, selalu ada pertanyaan mengenai harga yang harus dibayar untuk mencapai visi tersebut. "Bagaimana jika setiap langkah ke depan ternyata membakar sisa-sisa integritas yang tersisa?" pikirnya. Namun, setiap keraguan itu digantikan oleh tekad yang semakin bulat—sebuah tekad untuk membersihkan noda masa lalu dan menyalakan bara masa depan yang penuh harapan.

Di sela-sela rapat dan pertemuan penting, kabar mengenai langkah berani Grup Harsono di pasar global mulai menggema di kalangan investor internasional. CEO interim yang baru diumumkan pun sudah siap memimpin transformasi digital. Dalam setiap pernyataan pers, terselip pesan bahwa perubahan harus datang dari pembersihan akar masalah serta keberanian menatap masa depan tanpa bayang-bayang masa lalu.

Perdebatan Pribadi dan Ujian Hati

Saat pagi merekah, Riana mencoba menenangkan hati yang telah lelah. Di sebuah kafe kecil yang tersembunyi di sudut kota, ia bertemu Tegar untuk pertemuan yang bersifat pribadi. Pada awalnya, obrolan mereka terasa ringan, namun seiring berjalannya waktu, desas-desus dan tekanan dari luar mulai meresap ke dalam percakapan mereka.

“Riana, aku tahu ini sulit,” kata Tegar dengan lembut sambil menatap matanya yang penuh kegundahan. “Hubungan kita telah mencapai titik kritis. Dunia luar menilai dengan kacamata yang sempit—mereka tak mengerti bahwa di balik setiap ambisi besar, ada hati yang terluka.”

Riana menggenggam tangan Tegar, seolah mencoba menyalurkan kekuatan dari rasa cinta yang tulus namun terlarang. “Tegar, aku terjebak antara kewajiban profesional dan perasaan pribadi. Satu langkah yang aku ambil di ruang rapat tadi benar-benar mengguncang dasar diriku. Aku merasa seperti berada di ambang jurang, antara keinginan untuk menebus masa lalu dan menjaga hatimu.”

Angin sepoi-sepoi dari luar kafe membawa aroma hujan yang masih tersisa, seakan menandakan transisi dari kegelapan ke terang. Tegar memandangnya dengan mata yang penuh harapan, “Riana, kita tidak akan pernah bisa menghindari bayang-bayang itu. Namun, apakah kita cukup kuat untuk berdiri bersama ketika badai menerjang? Aku ingin percaya bahwa cinta kita memiliki kekuatan untuk bertahan.”

Dalam pertemuan itu, konflik batin Riana mencapai puncaknya. Dia menyadari bahwa setiap keputusan yang ia ambil—baik untuk perusahaan maupun dalam hati—akan menentukan nasibnya dan orang-orang yang ia cintai. Dalam sunyi, ia merenungkan, "Akankah aku mampu menerobos batas kebenaran dan mengubah takdir, tanpa harus mengorbankan apa yang paling berarti bagiku?".

Epilog Konflik dan Harapan Baru

Malam itu, di aula megah tempat dewan direksi baru saja mengumumkan deklarasi penting, suasana menjadi semakin tegang. Riana berjalan melewati lorong-lorong yang dipenuhi simbol kemegahan korporat, namun setiap langkah terasa seperti penapakan di atas pecahan kenangan. Dalam keheningan itu, ia merasakan campuran emosi: kemarahan, kesedihan, dan keberanian.

"Masa lalu mungkin kelam, namun aku harus memimpin cahaya untuk masa depan," pikirnya, seolah kata-kata itu membakar semangatnya kembali. Angin malam yang dingin membawa bisikan perubahan, mengingatkannya bahwa setiap konsekuensi dari kebenaran yang ia ungkapkan membentuk sejarah yang baru.

Sementara itu, di ruang konferensi online, para investor mulai merespon optimisme yang ditaburkan Riana. Langkah-langkah strategis yang ia rancang kini menjadi penanda kebangkitan perusahaan di tengah krisis global. Dalam pikiran para investor, transisi digital bukan hanya paradigma teknologi, melainkan simbol integritas rekonstruksi korporasi.

Riana kembali di hadapan dewan direksi dalam satu pertemuan final. Kali ini, tidak ada lagi komentar sarkastik atau sindiran pedas. Hanya ada keheningan yang mengisyaratkan adanya penerimaan terhadap perubahan. Seorang dewan yang sebelumnya keras kini bertanya dengan nada yang lebih lembut, "Riana, apakah kau yakin bahwa langkah yang kau ambil akan membawa kita menuju masa depan yang lebih baik?"

Dengan semangat yang menggebu, ia menjawab, "Saya yakin. Kita tidak bisa terus membiarkan masa lalu mendikte nasib kita. Transformasi sejati memerlukan keberanian untuk mengakui kesalahan dan berani berubah. Di sinilah kita harus memilih antara berpegang pada bayang-bayang atau menyongsong sinar harapan."

Pernyataan itu bergema di ruang tersebut, dan satu per satu wajah-wajah yang awalnya dipenuhi skeptisisme mulai menampilkan harapan. Deklarasi itu bukan hanya tentang menjelaskan peristiwa, tetapi tentang memanggil setiap jiwa untuk bersatu dalam menghadapi masa depan.

Namun, konflik batin Riana belum usai. Dalam kesendirian malam, di ruang kerjanya yang sepi, ia duduk termenung sambil membaca kembali arsip-arsip lama tentang kontroversi yang menghantui ayahnya. Air matanya bukan hanya karena luka masa lalu, tetapi juga karena beban tanggung jawab besar untuk memastikan bahwa kebenaran tidak akan pernah terdegradasi oleh ambisi semata.

"Jika aku bisa menerobos batas kebenaran, maka aku tidak hanya akan membersihkan nama baik perusahaan, tetapi juga menyembuhkan luka di hati," gumamnya dalam hati. Pikirannya melayang ke masa-masa indah di perpustakaan Harvard bersama Tegar, di mana segala sesuatu tampak murni dan penuh harapan. Kenangan itu kembali menghantui, namun sekaligus memberikan inspirasi agar ia tetap teguh pada pendiriannya.

Titik Kritis Hubungan dan Akhir Penantian

Pagi berikutnya, kabar semakin mengguncang dunia bisnis dan pribadi Riana. Desas-desus tentang konfrontasi dan keberanian yang ia tunjukkan sudah tersebar luas, bahkan media bisnis internasional mulai memberitakan "Langkah Berani Grup Harsono di Pasar Global, CEO Interim Siap Pimpin Transformasi Digital." Di tengah keramaian itu, Riana dihadapkan pada pilihan sulit antara melanjutkan pencarian kebenaran atau mempertahankan hubungan terlarangnya dengan Tegar.

Di sebuah balkon megah yang menghadap ke cakrawala kota, Tegar menunggu. Riana tiba dengan langkah yang berat namun penuh harapan. Pandangan mereka bertemu, dan tanpa kata, terucap pesan cinta yang mendalam. "Aku merasa kau telah berubah, Riana. Namun, apakah perubahan ini akan menyisakan ruang untuk cinta kita?" tanya Tegar, penuh keraguan.

Riana menundukkan pandangan, seolah terjebak antara bayang-bayang masa lalu dan cahaya masa depan. "Tegar, setiap langkah yang kutempuh membawa dampak besar—bukan hanya untuk perusahaan, tetapi juga untuk kita berdua. Aku harus memilih jalan kebenaran, meskipun itu berarti mengorbankan sesuatu yang berharga," jawabnya dengan suara serak yang mengandung kesedihan dan tekad yang bulat.

Dalam keheningan balkon yang seolah menyaksikan pergolakan jiwa mereka, Tegar mendekat dan menyentuh pipi Riana. "Aku tak ingin kehilanganmu. Tetapi, apakah kau akan terus membiarkan masa lalu menghantui kita?" ucapnya dengan nada lembut, namun penuh kekhawatiran.

Wajah Riana memancarkan keraguan dan tekad yang bercampur. "Masa lalu memang berat, tapi aku percaya bahwa dengan menghadapi kenyataan, kita dapat menemukan jalan untuk bersama. Aku ingin percaya bahwa kebenaran dan cinta tidak harus saling menghalangi, meskipun saat ini tampak begitu sulit."

Momen itu menjadi puncak dari konflik batin yang terus menggelora sejak dulu. Di sudut balkon, langit pagi perlahan berubah, seolah menandakan dimulainya era baru bagi Grup Harsono, dan juga bagi hubungan terlarang yang kini mencapai titik kritis.

Dengan tatapan yang mantap dan tangan yang saling menggenggam, Riana dan Tegar menyadari bahwa pilihan yang akan mereka ambil tidak hanya menentukan jalan bisnis, tetapi juga takdir cinta mereka. "Aku akan menerobos batas kebenaran, meskipun harus menelan pahitnya pengorbanan. Karena kebenaran adalah fondasi dari segala perubahan," bisik Riana ke arah Tegar, yang lalu membalas dengan senyum penuh harapan namun menyimpan ketakutan akan masa depan.

Di samping mereka, seolah alam pun ikut merestui, dengan kabut tipis yang perlahan menghilang dan sinar matahari yang mulai menembus cakrawala. Kedua jiwa itu berdiri di persimpangan takdir, di mana masa lalu yang kelam dan masa depan yang cerah saling beradu.

Dengan deklarasi mengejutkan dari dewan direksi yang masih terngiang di telinga setiap personel, sebuah pertanyaan yang tak terjawab menghantui: akankah Riana mampu membawa perusahaan dan keluarganya menuju sinar harapan, dan akankah cinta yang telah diuji badai dapat bertahan di tengah badai ambisi dan kebenaran?

Di antara bisikan sejarah, laporan bisnis global, dan ketegangan emosional yang membahana, Bab 7 berakhir dengan pencerahan yang setengah terwujud. Riana, dalam pergolakan batinnya, telah menunjukkan komitmen untuk mengupas lapisan-lapisan kepalsuan yang menutupi esensi kebenaran, meskipun harus berhadapan langsung dengan anggota dewan direksi yang selama ini menjadi lambang penolakan perubahan.

Saat roda nasib terus bergulir, dan di tengah gaduhnya dunia korporat yang sedang mengalami transformasi digital, satu hal pun telah pasti: perjalanan Riana baru saja memasuki fase paling menentukan—fase di mana integritas, cinta, dan ambisi saling beradu. Dalam gema langkahnya yang mantap, tersurat janji bahwa di balik semua rintangan, kebenaran akan selalu bersinar sebagai penuntun bagi hati yang tak pernah menyerah.

Dan di saat segala konflik mencapai titik kritis, dengan konfrontasi demi konfrontasi yang telah terjadi, hubungan Riana dan Tegar kini berada di ambang kehancuran atau peluang baru—sebuah penentuan yang akan mengubah tidak hanya nasib pribadi mereka, tetapi juga arah sejarah Grup Harsono secara global.

Bab 7, dengan segala lika-likunya, menyisakan pertanyaan-pertanyaan mendalam yang menggantung di udara: Mampukah seorang wanita muda menerobos batas-batas kebenaran dan menjaga harapan dalam dunia yang dipenuhi intrik? Bisakah cinta yang diuji oleh badai ambisi bertahan di tengah perubahan? Jawaban atas pertanyaan-pertanyaan itu menjadi kunci bagi babak selanjutnya—sebuah bab baru yang penuh harapan, walaupun jalan yang harus ditempuh tidaklah mudah.

Dalam keheningan malam yang kembali menyelimuti gedung tinggi, satu pesan tersirat menggema: masa depan ditentukan oleh keberanian untuk mengakui kebenaran dan memilih jalan yang sulit untuk perubahan. Dengan itu, Riana melangkah maju, meninggalkan bayang-bayang ambisi yang selama ini menghantui dan menyongsong fajar baru—fajar yang penuh dengan kemungkinan tak terbatas, baik bagi perusahaan maupun bagi cinta yang telah teruji oleh waktu.

Akhir bab ini terselimuti oleh harapan dan ketidakpastian, mengingatkan setiap pembaca bahwa dalam dunia yang penuh intrik dan ambisi, terkadang keberanian untuk pergi ke depan membutuhkan pengorbanan yang tak terelakkan. Dengan setiap detik yang berlalu, langkah Riana semakin menegaskan bahwa kebenaran, meskipun berisiko, adalah satu-satunya jalan untuk mencapai keberhasilan sejati.

Saat siput waktu terus bergerak, dan bisikan sejarah mulai meresap ke dalam setiap relung jiwa, jelaslah bahwa babak baru telah dimulai—sebuah era di mana batas kebenaran akan terus diuji, konflik akan mencapai puncaknya, dan cinta yang telah terjalin akan ditempa oleh api tantangan yang nyata. Perjalanan Riana telah membawa kita ke ambang perubahan, dan dalam kegelapan yang tersisa, secercah sinar harapan mulai menari, menuntun setiap langkah menuju masa depan yang lebih terang.

Bab 8
Pembalasan Dendam dan Pengakuan

Jakarta, malam itu, langit kelam menyelimuti kota besar seiring gemuruh hujan yang tak henti-hentinya. Di sebuah ruangan kecil di lantai atas sebuah gedung perkantoran, Riana duduk dengan wajah tegang sambil menatap layar ponselnya. Dalam keheningan yang penuh tekanan, ia mendengarkan setiap kata dari suara Arman Prasetyo yang berbicara lirih namun penuh arti, mengungkapkan rahasia kelam yang telah lama tersembunyi dalam sejarah keluarga Harsono.

"Kau harus mengerti, Riana... semua yang kita alami saat ini adalah hasil dari sebuah warisan kelam. Ada rahasia yang selama ini tersembunyi, yang bisa menghancurkan kita semua jika sampai diketahui oleh publik," ujar Arman dengan nada hampir seperti pengakuan dosa. Suaranya menggema di ruangan tersebut, seolah setiap kata menguatkan dilema moral yang terus menghantui pikiran Riana.

Semua tekanan yang selama ini menumpuk dalam benaknya kini mencapai puncaknya. Di tengah reorganisasi besar-besaran di Grup Harsono, dinamika kekuasaan kian mengubah wajah persaingan di antara saudara. Riana, yang selama ini dikenal sebagai sosok yang tegar dan cerdas, kini terjebak dalam pusaran konflik internal yang tak hanya menyangkut bisnis, tetapi juga masalah keluarga.

Sementara itu, di Singapura, Tegar berjuang keras menjaga rahasia hubungan mereka dari mata-mata pesaing yang mengintai. Dalam suasana kantor yang penuh dengan misteri dan tekanan, ia melakukan pertemuan rahasia dengan beberapa eksekutif senior. Namun, pikirannya tidak pernah benar-benar jauh dari Riana. Tegar tahu, apapun keputusan yang diambil oleh Riana malam itu, hidup mereka berdua akan terpengaruh oleh badai yang mulai muncul di cakrawala.

Alur Masa Kini

Reorganisasi besar-besaran telah mengguncang Grup Harsono. Riana yang kini berada di tengah pusaran intrik dan ambisi harus mengambil langkah-langkah drastis untuk mengokohkan posisinya. Tekanan datang dari segala arah, tidak hanya dari para pesaing bisnis, tetapi juga dari konflik internal yang menyitam hubungan antar saudara.

Dalam beberapa minggu terakhir, pertemuan rahasia dan diskusi strategis telah menjadi rutinitas. Di ruang rapat gelap yang tersembunyi di sebuah gedung di pusat kota Jakarta, Riana menghadiri pertemuan yang dipenuhi oleh individu-individu berpengalaman dalam dunia korporat. Di antara mereka, Bima tampil dengan sikap dingin dan tajam, menunjukkan niatnya yang semakin nyata untuk mengambil alih kendali perusahaan keluarga. Rencana pembalasan dendamnya terhadap Farida, yang kini dicurigai sebagai dalang di balik beberapa insiden skandal, mulai terlihat jelas. Bima, dengan tatapan mata yang nyaris tanpa ampun, merencanakan setiap langkah dengan cermat demi membalas dendam yang telah lama ia simpan.

Tak lama setelah pertemuan itu, sebuah laporan audit independen mengejutkan seluruh dewan direksi. Audit tersebut mengungkapkan adanya penyalahgunaan dana besar dalam proyek pembangunan hotel mewah yang dijadikan andalan Grup Harsono. Berita mengenai skandal ini langsung menghantam pasar, dan gema keguncangan menyebar seperti api liar. Riana tahu bahwa di tengah krisis inilah ia harus menunjukkan ketangguhan dan kebijaksanaan dalam menghadapi konsekuensi dari setiap keputusan yang diambil.

Sementara kekacauan bisnis melanda, konflik internal semakin memanas. Di satu sisi, ada pengakuan mengejutkan dari Sari Malik, seorang eksekutif senior yang selama ini dianggap memiliki loyalitas yang tinggi pada keluarga. Dengan nada suara yang hampir menyeramkan, Sari mengungkapkan bahwa ia mengetahui rahasia kotor masa lalu Farida—sebuah pengakuan yang berpotensi membuka jalan bagi balas dendam yang tak terhindarkan.

Di tengah kekacauan ini, telepon misterius yang masuk ke ponsel Riana menambahkan lapisan ketidakpastian yang semakin mencekam. Suara di ujung telepon itu mengancam akan mengungkap seluruh rahasia keluarga jika Riana tidak segera mundur dari posisinya. Ancaman itu meresap ke dalam jiwa Riana, memicu pergolakan batin dan dilema moral yang sulit untuk dijawab. Ia tahu bahwa pengakuan Sari Malik, jika diterima begitu saja, bisa jadi merupakan bagian dari permainan kekuasaan yang lebih besar, menjurus ke jurang balas dendam yang tak terhindarkan.

Kilas Balik ke Masa Lalu

Beberapa tahun yang lalu, suasana di kediaman keluarga Harsono dipenuhi dengan kehangatan yang secara perlahan mulai ternoda oleh ketegangan. Suatu sore di halaman belakang rumah besar mereka, Riana masih anak muda yang polos, duduk mendengarkan dengan seksama setiap petuah yang disodorkan oleh Indra, sang patriark keluarga. Indra dengan lembut namun penuh wibawa menyampaikan pesan yang bahkan sampai hari ini bergema dalam kehidupan Riana. "Kehidupan ini tentang pilihan, Riana. Ada kalanya kau harus tahu kapan harus memaafkan, dan pada saat yang lain, kau harus berani membalas dendam. Tapi ingat, jika kau terlalu larut dalam ambisi, bait-bait kebijaksanaan itu akan menjadi pedang yang justru melukai hatimu sendiri," sabar Indra sambil menatap Riana dengan mata yang penuh pengertian. Kata-kata itu bagai benih yang kemudian tumbuh menjadi pertimbangan mendalam di setiap langkah kehidupan Riana.

Dari sudut pandang yang sangat manusiawi, pertemuan itu bukan hanya sekedar percakapan keluarga, melainkan sebuah pelajaran hidup yang dibalut dengan konflik batin. Riana, yang saat itu belum sepenuhnya memahami makna dari setiap kalimat, kini terjebak dalam dilema antara melaksanakan keinginan hati untuk menegakkan keadilan dan kehormatan keluarga dengan risiko mengulangi kesalahan masa lalu yang pernah diwarnai kekecewaan dan tragedi.

Pada malam itu, ketika angin berhembus kencang dan langit seolah ingin menumpahkan tangisnya, kata-kata ayahnya terngiang kembali di benaknya. Seperti butiran pasir yang tak bisa dihitung, setiap kata itu menjadi bahan bakar bagi pergulatan batin yang kini menghantui setiap detik kehidupannya.

Lebih Dalam ke Tengah Konflik

Kembali ke masa kini, suasana di ruang rapat semakin memanas. Riana mendapati dirinya bukan hanya berhadapan dengan tekanan eksternal akibat skandal audit, tetapi juga harus menanggapi intrik dan intrik internal dari pihak keluarganya sendiri. Di satu sisi, ia harus menghadapi ambisi Bima yang semakin membara, dan di sisi lain, ia terus bergulat dengan kenyataan pahit tentang rahasia yang tersimpan lama—sebuah rahasia yang ternyata menimpa beberapa generasi keluarga Harsono.

Dalam sebuah pertemuan rahasia yang berlangsung di sebuah kafe tersembunyi di tengah hiruk-pikuk Jakarta, Riana mencoba mencari jawaban dari pernyataan-pernyataan mencurigakan yang datang dari Arman Prasetyo. Setiap detail, setiap nada suara yang diungkapnya, menambah lapisan baru konspirasi yang mengaitkan semua insiden yang terjadi baru-baru ini. Di antara simmering emosi dan rahasia yang terungkap, Riana wajahnya tampak lelah, namun di balik kelelahan itu tampak kilasan tekad yang tak tergoyahkan.

Riana tahu bahwa posisinya bukan hanya sebagai pewaris bisnis, tetapi juga sebagai penjaga tradisi dan harga diri keluarga. Dan dalam menghadapi ancaman yang sangat nyata, ia harus memutuskan dengan bijak antara mempertahankan segala sesuatu yang telah dibangun oleh leluhur mereka dan mengorbankan sebagian kecil moral demi kelangsungan kekuasaan.

Dalam percakapannya malam itu, Arman Prasetyo menyampaikan, "Rahasia yang selama ini tersembunyi bukanlah sesuatu yang bisa dengan mudah dihapuskan oleh waktu atau ditutupi oleh angka-angka di laporan keuangan. Ini adalah beban sejarah yang harus kau tanggung, dan bila kau salah mengendalikannya, semua yang kau cintai bisa lenyap dalam sekejap." Pernyataan itu membuat Riana semakin tenggelam dalam dilema antara ambisi pribadinya dan kewajiban moral terhadap keluarga.

Ketika Riana meninggalkan kafe itu, ia berjalan perlahan di trotoar basah. Di balik setiap lampu jalan yang bergantian menyala, ia membayangkan bayang-bayang masa lalu yang tak pernah benar-benar hilang. Bayang-bayang itu terus menghantui setiap langkahnya, mengingatkan bahwa setiap keputusan memiliki konsekuensi yang mungkin tak pernah bisa dihapus oleh waktu.

Ketika hujan semakin lebat, pikiran Riana melayang ke masa kecilnya. Ia mengingat bagaimana ibunya selalu berkata bahwa kekuatan sejati terletak pada kemampuan untuk mengakui kesalahan dan belajar dari pengkhianatan. Namun, bayangan pengkhianatan yang datang dari dalam keluarganya sendiri menjadikan proses pengakuan itu jauh lebih menyakitkan dan kompleks.

Ketegangan Menuju Klimaks

Dalam beberapa hari terakhir, berita bisnis tentang reorganisasi dan skandal audit telah membuat pasar berguncang. Publik, investor, dan para pesaing kini menatap Grup Harsono dengan penuh kecurigaan. Dalam situasi ini, setiap gerakan kecil di dalam perusahaan menjadi sangat strategis dan berisiko. Riana pun menghadapi situasi yang semakin menantang ketika ia mendapati bahwa keberadaan Farida — yang selama ini dianggap sebagai sosok netral — kini justru menjadi titik fokus dari kecurigaan dan kebencian.

Bima, dengan sifat kejam dan penuh dendam, berpura-pura mendukung langkah-langkah restruktural Riana, sementara di balik layar ia menyusun rencana untuk menghancurkan reputasi Farida. Dalam sebuah pertemuan tertutup di ruang kerjanya yang mewah, Bima menguraikan strategi untuk mengekspos kesalahan Farida dengan tujuan mengalihkan perhatian dari dirinya dan mendapatkan kendali penuh atas perusahaan.

Konflik mencapai puncaknya ketika sebuah konfrontasi tak terduga terjadi di ruang rapat besar. Di hadapan seluruh dewan direksi, Sari Malik maju dengan wajah pucat dan suara bergetar, mengakui bahwa ia mengetahui kotoran masa lalu Farida yang selama ini tersembunyi dari publik. Pengakuan itu mengguncang ruangan, menimbulkan reaksi berantai dari para eksekutif yang selama ini hidup dalam bayang-bayang konflik internal.

Suaranya yang gemetar mengungkapkan bahwa ia pernah menyaksikan Farida terlibat langsung dalam penggelapan dana, dan pengakuan tersebut tidak hanya memicu kemarahan di antara keluarga, tetapi juga menimbulkan kecemasan yang luar biasa di kalangan investor. Riana merasa seperti tanah di bawah kakinya bergoyang, sementara ia mencoba, dengan segenap kekuatan batin, menenangkan situasi yang semakin kacau. Setiap kata Sari menyentuh relung batin yang dalam, seolah membuka kembali luka lama yang belum pernah sembuh.

Saat malam semakin larut, dengan hujan yang mengguyur keras dan angin yang membawa bisikan ancaman, Riana menerima satu panggilan yang tak bisa diabaikan. Di ujung jalur telepon itu terdengar suara serak, penuh ancaman: "Jika kau tidak segera mundur dari posisimu, semua rahasia yang selama ini disembunyikan akan kusampaikan kepada dunia. Bayangkan seberapa hancurnya dirimu dan keluargamu." Suara itu membuat jantung Riana berdebar kencang. Di tengah kegelapan malam, ancaman itu mengguncang simpul tekadnya yang selama ini terbentuk atas dasar keyakinan dan moralitas.

Dalam kebingungan dan keputusasaan, Riana tak hanya harus memilih antara mempertahankan kekuatan korporasi dan tradisi keluarga, namun juga menghadapi dilema moral yang mendalam: apakah ia rela mengorbankan nilai-nilai yang telah ia anut untuk mempertahankan kekuasaannya? Di balik setiap keputusan, tersimpan kemungkinan kehancuran yang tiada tara.

Wajah-wajah di sekelilingnya tampak samar dalam bayang-bayang kabut dan hujan, mencerminkan situasi yang penuh ambiguitas dan intrik. Di antara semua kekacauan itu, Riana mengambil napas dalam-dalam. Ia memaknakan setiap petuah ayahnya, setiap pengakuan yang tercium dari Sari Malik, dan setiap ancaman yang menggema lewat telepon tersebut. Semua itu menyatu dalam satu irama konflik batin yang seolah mengiringi langkahnya menuju ketidakpastian.

Di sisi lain, di Singapura, Tegar tengah berjuang dengan beban rahasia yang harus disembunyikan dari pesaing yang semakin lihai. Ia menerima serangkaian pesan yang mengisyaratkan adanya rencana penetrasi intelijen dari pihak luar yang mengincar strategi internal Grup Harsono. Dengan kecermatan seorang prajurit bayangan, Tegar berusaha memastikan agar rahasia tersebut tak bocor, meski ia tahu bahwa setiap langkahnya sudah berada di ambang jurang kehancuran.

Di kantor pusat Singapura, di tengah ruangan yang dipenuhi layar monitor dan data keuangan, Tegar menyingkirkan rasa cemasnya dan kembali menatap layar dengan tegas. Namun, dalam benaknya, ia terus mengingat senyuman Riana serta tawa hangat yang pernah mengiringi masa kecil mereka. Kenangan itu bagai pelipur lara di tengah badai yang melanda, meski ia sadar bahwa badai ini kian mendekat dan siap menerpa kapan saja.

Titik Balik dan Dilema Moral

Saat pagi hari mulai menyingsing menyusup ke dalam gedung perkantoran, Riana sudah terjebak dalam kerumitan pikiran yang tak berkesudahan. Di ruang kerjanya yang remang-remang, ia melihat tumpukan dokumen audit yang menyimpan bukti-bukti penyalahgunaan dana. Di antara dokumen-dokumen itu terselip foto-foto proyek hotel mewah yang kini menjadi sumber kontroversi. Setiap dokumen mengandung risiko besar yang dapat jatuh ke tangan lawan, membuatnya harus berpikir cepat dan tegas.

Riana mengingat kata-kata Indra yang pernah ia dengar di masa kecil. "Hati yang bersih tak akan gentar oleh badai. Tapi bila kau membiarkan bayang-bayang dendam menguasai pikiran, maka setiap angin akan menjadi musuh." Kata-kata itu kini seolah menjadi penuntun di tengah kegelapan. Ia menyadari bahwa setiap keputusan—apakah akan menanggapi ancaman telepon ataupun mengungkap pengakuan Sari Malik—harus dipikirkan dengan saksama. Dalam setiap helaan napasnya, ia merasa terbagi antara keinginan untuk membuka rahasia kotor keluarga demi keadilan dan keperluan untuk mempertahankan kekuasaannya di perusahaan.

Tak ada lagi ruang untuk keragu-raguan. Riana mulai mempersiapkan diri untuk menghadapi semua konsekuensi yang mungkin timbul. Ia memanggil beberapa penasihat kepercayaan serta para ahli hukum untuk menyusun strategi yang matang. Setiap langkah harus dihitung dengan cermat, mengingat potensi kehancuran yang mengintai di setiap sudut.

Di saat yang sama, Bima semakin aktif menjalankan rencananya. Dalam suasana malam yang sunyi setelah sebuah rapat strategis, ia mengadakan pertemuan rahasia dengan beberapa pejabat senior perusahaan. Tatapan dingin dan sikapnya yang tanpa kompromi jelas menunjukkan bahwa ia tidak akan segan-segan menghancurkan Farida demi merebut kembali kendali yang ia anggap telah menjadi haknya. Ia bersumpah untuk membalas dendam atas segala penghianatan yang pernah terjadi, meski itu berarti menghancurkan sisa-sisa kehormatan yang tersisa dalam keluarga Harsono.

Di tengah situasi yang semakin memanas, sebuah keputusan sulit harus diambil. Riana terdiam sejenak sambil menatap keluar jendela kantornya yang luas. Asap dan kabut yang menyelimuti langit Jakarta seolah mencerminkan keraguan batinnya. Ia berpikir tentang konsekuensi dari setiap pengakuan yang akan segera terbuka, takut jika hal itu justru memperparah situasi yang sudah kritis. Namun, di balik rasa takut itu, ada pula tekad untuk mengungkap kebenaran demi meluruskan sejarah keluarga, sekaligus menjaga keutuhan nilai-nilai yang selama ini dianggap sebagai fondasi kehidupannya.

Mengait Antara Masa Kini dan Kilas Balik

Seiring waktu terus berjalan, Riana mulai menata langkahnya dengan pola pikir yang bergantian antara masa kini dan kilas balik. Di antara dokumen-dokumen rahasia, ia menemukan fragmen-fragmen pesan tua yang pernah ia tulis di buku harian waktu usianya masih belia. Ingatan akan petuah Indra kembali menyeruak: "Setiap luka akan sembuh bila kau mampu mengakui kebenaran, bahkan jika kebenaran itu pahit." Kalimat itu membawa kembali kenangan manis dan perih dari masa lalu, ketika kehangatan keluarga masih menjadi pelindung bagi setiap angin badai yang datang.

Kilasan masa lalu tersebut membawa Riana ke momen-momen intim bersama saudara-saudaranya. Ia teringat saat mereka berkumpul dalam sebuah pesta keluarga, ketika Indra dengan sabar menyelesaikan setiap pertengkaran kecil di antara mereka. Walaupun perbedaan pendapat sering kali mencuat, ada rasa saling menghargai yang mengikat mereka. Namun, seiring berjalannya waktu, ambisi dan ambiguitas moral mulai merayap masuk, menjauhkan mereka dari keharmonisan yang dulu pernah terjalin.

Sementara itu, di masa kini, setiap keputusan yang diambil Riana juga mencerminkan perjuangan batinnya. Di hadapannya terhampar pilihan-pilihan sulit: mengungkap pengakuan rahasia Sari Malik, menanggapi ancaman melalui telepon, atau memilih untuk menyembunyikan fakta-fakta kotor yang ada agar tetap mempertahankan kekuasaan di Grup Harsono. Setiap pilihan itu bagai jalan yang bercabang, masing-masing penuh dengan risiko yang tak terhitung. Riana berkali-kali menelan getirnya air mata bayangan masa lalu, namun ia sadar bahwa hanya dengan mengakui dan memahami luka tersebut, ia bisa maju dan menang dalam pertarungan yang sedang berlangsung.

Dalam sekejap, ingatan dan realitas kini seolah bersatu dalam satu pertarungan abadi antara kebenaran dan ambisi. Suara Arman Prasetyo yang menggema di telinganya dan pengakuan Sari Malik yang mengguncang ruang rapat, semuanya menuntunnya menuju titik keputusan yang krusial. Di balik wajahnya yang tegas, tersimpan kepedihan yang mendalam, terukir akibat sebuah keluarga yang pernah dijanjikan kehangatan tapi kini terbelenggu oleh dendam dan ambisi.

Klimaks yang Mendekati Titik Akhir

Sore itu, suasana di kantor pusat Grup Harsono di Jakarta semakin mencekam. Debat internal mencapai puncaknya. Para dewan direksi berdiri mengelilingi meja besar, saling berhadapan dengan tatapan yang memancarkan kemarahan dan kekecewaan. Riana, dengan segala keberaniannya, berusaha menenangkan suasana dan mencari celah untuk meredakan ketegangan. Namun, setiap kata yang dilontarkan seolah hanya menambah bara di atas api konflik yang sudah memenuhi ruangan itu.

Saat Riana membuka pembicaraan tentang rencana jangka panjang dan upaya penertiban keuangan, Bima menyela dengan suara penuh kemarahan yang membuat ruangan tersebut hening seketika. "Kau pikir mengubah segalanya dengan pembicaraan manis akan menyelesaikan masalah, Riana? Farida telah mencuri kepercayaan kami selama ini, dan jika kau tidak mengambil langkah tegas, maka kehancuran akan datang lebih cepat daripada yang kau duga!" seru Bima dengan ekspresi penuh amarah dan dendam yang tersimpan bertahun-tahun.

Ketika kata-kata Bima menggema, suasana langsung berubah menjadi medan pertempuran hati dan pikiran. Riana merasakan campuran antara kemarahan, kesedihan, dan tekad yang semakin menguat. Ia tahu bahwa setiap pengakuan, setiap langkah perombakan, dan setiap ancaman akan menentukan nasib kelompok dan sejarah keluarga Harsono. Di saat itulah, dalam keheningan yang mencekam, Riana teringat kembali pada hari yang penuh makna di masa kecilnya, ketika Indra berdiri memberikan petuah tentang arti pengampunan dan pembalasan.

Entah bagaimana, di balik segala kepungan kata-kata dan konflik internal yang semakin intens, sebuah rencana tersembunyi mulai terbentuk. Rencana tersebut terukir oleh pengakuan Sari Malik yang membuka mata banyak orang tentang kotoran yang telah lama dijaga rapat oleh pihak tertentu. Namun, pengakuan itu juga membuka jalan bagi kekacauan yang lebih besar. Setiap bukti, setiap kata yang terlintas di ruang rapat, disindir oleh bayang-bayang masa lalu yang seakan menuntut keadilan yang belum tuntas.

Saat pertemuan berjalan menuju klimaks yang tak terhindarkan, Riana menerima satu telepon lagi — sebuah panggilan yang berbeda dari sebelumnya. Suara misterius di ujung telepon itu kembali menyuarakan ancaman: "Kau pikir telah cukup kuat untuk melanggar aturan? Ingat, kebenaran yang kau coba sembunyikan akan segera terungkap. Mundurlah, atau siap-siap menerima konsekuensi yang akan mengguncang dunia ini." Kata-kata itu menambah lapisan ketakutan dan ketidakpastian dalam benak Riana, yang kini semakin bergelut antara menyelamatkan masa depan perusahaan dan mempertahankan harga diri keluarga.

Jantungnya berdetak kencang seiring ia memutuskan untuk mengambil napas dalam. Ia tahu bahwa keputusan yang diambil di sini bukan hanya akan menentukan arah hidupnya, tetapi juga mewarnai sejarah panjang keluarga Harsono. Dalam keheningan yang sangat mencekam itu, Riana melirik ke arah jendela, memandangi riak-riak hujan yang jatuh, seakan-akan dunia pun turut berduka atas dilema yang tengah menghantui. Di balik gemuruh hujan dan riuh rendah suara petir, kekuatan tekadnya yang telah lama diuji perlahan menemukan pijakan, meski sesaat ia menginginkan keselamatan.

Cliffhanger Menuju Konflik Lebih Besar

Di penghujung pertemuan yang penuh tensi itu, segalanya seolah mencapai titik belasan. Riana, dengan mata yang penuh isi dan jiwa yang bergejolak, membuka suara menyatakan:

"Kita semua pernah terluka, kita semua pernah mengkhianati. Tapi hari ini, aku memilih untuk mengungkap kebenaran, meski itu berarti aku harus menanggung konsekuensinya. Tidak ada lagi ruang untuk rahasia yang terus menghantui. Keluarga kita pantas mendapatkan keadilan, dan aku akan memikirkan setiap langkah dengan segenap keberanian yang kumiliki."

Sejenak, ruangan itu sunyi. Semua mata terfokus pada Riana, tatapan penuh pertanyaan terpancar di wajah-wajah yang selama ini tersembunyi di balik kepentingan masing-masing. Di luar jendela, hujan masih terus mengguyur, seolah mencerminkan rasa kesedihan dan kebimbangan yang melanda setiap jiwa yang hadir di ruangan itu.

Namun, ketika semua tampak mencapai titik jenuh, ponsel Riana berdering sekali lagi. Suara misterius yang mengancam tadi terdengar kembali, namun kali ini diselingi dengan isyarat yang lebih jelas tentang kehancuran besar yang akan datang. "Waktu tak akan lama. Rahasia ini akan terungkap pada saat yang tepat, dan kau, Riana, akan menjadi saksi dari kebenaran yang tak terelakkan. Pilihanmu hari ini menentukan tidak hanya nasibmu, tapi juga seluruh keluarga. Bersiaplah, karena pertarungan baru baru saja dimulai."

Detik itu, ruangan rapat pun terhenti. Semua orang terdiam, merasakan getaran dari ancaman luar yang menggema jauh di luar tembok kantor. Riana menatap ponselnya dengan mata berkaca-kaca, di antara rasa takut dan tekad yang kian memuncak. Dalam keputusan sulit itu, ia tahu bahwa jalan yang akan ia tempuh bukanlah jalan yang mudah. Setiap darah, setiap air mata akan terbayarkan dalam pertarungan yang mendalam ini.

Dengan satu tatapan penuh arti ke arah para dewan dan anggota keluarga yang hadir, Riana menghela napas panjang dan berkata pelan, "Aku tidak bisa berbalik sekarang. Kita telah mencapai titik di mana kebenaran harus bersinar, walaupun harus menyiksa jiwa yang rapuh sekalipun. Ini baru permulaan..."

Ketika kata-kata itu terucap, suasana berubah menjadi hening yang mencekam. Sementara di dalam benak Riana, pertanyaan besar terus menghantui: Akankah pengakuan mengejutkan dari Sari Malik membuka jalan menuju pembalasan dendam yang tak terhindarkan atau justru memicu kehancuran lebih dalam bagi keluarga Harsono?

Di luar gedung, hujan terus mengguyur tanpa henti, seolah-olah alam pun turut merasakan beban konflik yang menyelimuti setiap insan. Dalam satu detik yang penuh ketegangan, ponsel Riana kembali berdering dengan panggilan yang baru. Karena kali ini, ancaman itu terdengar lebih dekat dan nyata daripada sebelumnya, mengisyaratkan bahwa konflik yang selama ini tersembunyi kini telah mengumpulkan kekuatan untuk meledak dalam balutan ambisi dan dendam.

Bab ini mengakhir dengan keheningan yang mencekam, meninggalkan pembaca dengan satu pertanyaan: Apakah kebenaran yang akan segera terungkap akan membawa keadilan atau malah memperdalam jurang kehancuran dalam keluarga Harsono? Saat Riana menatap layar ponselnya, wajahnya terpampang antara tekad dan ketakutan, menandakan bahwa tantangan sesungguhnya baru saja dimulai.

Bab 9

Titik Nol Konflik

Berita Bisnis: "Grup Harsono Hadapi Krisis Terbesar Sejak Didirikan, Reaksi Investor Membuat Suasana Mencekam."

I. Pembuka Krisis

Di tengah hujan gerimis yang menyelimuti gedung pencakar langit megah di pusat kota, suasana di markas Grup Harsono tampak semakin mencekam. Kabarnya menyebar dengan cepat di kalangan investor dan analis keuangan: ada upaya pembunuhan terhadap salah satu tokoh kunci dewan direksi. Kabar itu membuat gempar para pemegang saham, dan suatu bayang-bayang kegelapan mulai melingkupi setiap sudut ruang bisnis yang selama ini identik dengan kemegahan dan kestabilan.

Di dalam ruang rapat utama yang mewah, para eksekutif berkumpul dengan ekspresi tegang di wajah mereka. Layar monitor besar memantulkan berita terkini, menyebutkan bahwa hitungan detik menuju krisis telah mencapai titik nol. Di tengah hiruk-pikuk dan bisik-bisik kekhawatiran, muncul sosok Riana – seorang wanita tangguh yang selama ini dikenal karena ketegasan dan integritasnya. Kini, ia dipanggil untuk memimpin investigasi internal guna menemukan akar persoalan yang telah merusak fondasi kepercayaan di Grup Harsono.

Riana melangkah dengan mantap melewati lorong-lorong koridor panjang yang dipenuhi dengan arsip sejarah perusahaan. Setiap langkahnya dipenuhi tekad untuk membersihkan nama baik Grup Harsono, meskipun bayang-bayang ambisi pribadi yang telah merusak relasi lama tampak tak terhindarkan. Di meja kerjanya yang berada di sudut ruangan mewah, ia menatap tumpukan dokumen dan laporan investigasi dengan perhatian khusus. Kabar menghebohkan tentang pembunuhan yang gagal ini menandakan bahwa konflik dalam perusahaan telah mencapai titik kritis. Setiap investor, regulator, dan bahkan anggota keluarga kini menantikan jawaban di balik tabir misteri yang mengancam kelangsungan perusahaan sekaligus masa depan keluarga Harsono.

Dalam diam, ketegangan itu berbaur dengan aroma kopi pahit yang mencoba menenangkan kegelisahan. Riana tidak hanya harus menghadapi tekanan eksternal dari para investor, tetapi juga konflik internal yang mewarnai hubungan di antara anggota dewan direksi – terutama yang melibatkan ambisi pribadi dan perebutan kekuasaan. Di antara mereka, Indra, sosok karismatik yang dahulu dipercaya sebagai pemersatu, kini mulai retak keteguhannya di bawah beban pengkhianatan dan kecurigaan. Kabar upaya pembunuhan itu menjadi katalis bagi terungkapnya berbagai konflik tersembunyi yang selama ini tersimpan dalam keluarga Harsono.

Sementara para eksekutif berdebat tentang strategi dan langkah penyelesaian, Riana duduk di balik meja kayu antik yang telah menyaksikan sejarah panjang perusahaan. Matanya menyapu setiap dokumen dengan kejelian seorang pemimpin yang telah berpengalaman dalam membaca setiap petunjuk. Di balik kesederhanaan ruang kerja mewah itu tersimpan catatan-catatan rahasia yang mengisahkan konflik batin dan ambisi yang bersaing, yang kini semakin mengancam kohesi perusahaan. Di sinilah titik nol konflik terjadi, dan segala sesuatunya akan diubah dalam sekejap jika kebenaran tidak segera diungkap.

Sekalipun badai krisis telah mengamuk di luar dinding-dinding perusahaan, di dalam ruang rapat serta ruang kerja Riana, ketenangan yang tampak hanyalah kepura-puraan. Riana merasakan bahwa di balik ancaman pembunuhan dan laporan korupsi yang mulai mencuat, terselip sebuah konspirasi rumit yang telah mengakar sejak lama. "Ini bukan sekedar krisis bisnis," gumamnya pelan, "ini tentang kehormatan dan kepercayaan yang telah dibangun bertahun-tahun." Di balik setiap bibir yang terkatung-katung, tersimpan kisah-kisah perpecahan, pengkhianatan, serta ambisi yang melampaui batas moral.

Sementara itu, di sudut ruangan yang tak kalah penting, Tegar duduk termenung di samping jendela besar, memandangi lautan kota. Matanya yang sendu mencerminkan kegundahan hati di tengah badai emosi dan kekacauan yang tengah terjadi. Pertanyaan demi pertanyaan terus menghantuinya, "Akankah cinta kita cukup untuk melewati badai kekuasaan yang mengancam kelangsungan kita?" Perlahan, rasa cinta dan kepercayaan yang tadinya menjadi pijakan pun mulai goyah disebabkan oleh tekanan dari situasi yang begitu genting. Di balik kerumitan politik internal, kisah asmara antara Riana dan

Tegar semakin diuji. Di sinilah benih-benih perpecahan mulai tumbuh, mengaburkan batas antara kesetiaan pribadi dengan takdir perusahaan.

Situasi yang semakin memuncak ini mengantar setiap anggota dewan untuk merenungkan kembali nilai-nilai yang telah mereka anut selama ini. Apakah ambisi individu dapat mengalahkan kepercayaan yang telah dibangun dengan susah payah? Pertanyaan itu kini menggantung berat di udara, membayangi setiap langkah dan keputusan yang akan diambil. Dengan atmosfir yang mencekam, pembukaan bab ini menyiratkan bahwa apa yang terjadi selanjutnya akan mengguncang dasar eksistensi Grup Harsono dan mengungkap bagian-bagian tergelap dalam intrik kekuasaan dan keluarga.

II. Investigasi Riana

Dalam denah ruang kerja yang luas dan dipenuhi dengan arsip sejarah, Riana mulai mengurai benang kusut yang telah menyelimuti nama baik perusahaan. Ia membuka sebuah map berlabel "Konflik Internal" dan meneliti setiap catatan dengan seksama. Di antara tumpukan laporan keuangan dan catatan rapat, tersamar bukti-bukti adanya penyimpangan dan korupsi yang berakar hingga ke tingkat dewan direksi. Angka-angka yang sebelumnya menunjukkan pertumbuhan stabil kini berubah menjadi indikator kegagalan moral dan manipulasi kekuasaan.

Setiap lembar dokumen yang ia pegang seolah berbicara, mengisahkan konflik kepentingan yang telah menyusup ke dalam sistem. Riana mendapati bahwa ambisi pribadi tidak hanya merusak persatuan, tetapi juga mengikis kepercayaan yang selama ini menjadi fondasi pohon perusahaan. Dalam satu tumpukan berkas, ia menemukan korespondensi rahasia antara beberapa anggota dewan dengan pihak luar, yang memberikan petunjuk bahwa ada pihak-pihak yang dengan sengaja melemahkan struktur pengawasan demi keuntungan pribadi.

Dengan kejelasan visi dan tekad baja, Riana mulai merangkai potongan-potongan puzzle yang selama ini tersebar. Tak hanya itu, ia pun mendapati bahwa sosok Indra – yang selama ini diidamkan sebagai penjaga integritas perusahaan – terlibat dalam persekongkolan yang mengejutkan. Ambisi dan keinginan untuk mempertahankan kekuasaan seolah telah membuatnya lupa akan prinsip-prinsip yang pernah ia junjung tinggi. Dalam benak Riana, bayangan Indra berubah; dari pemimpin visioner yang pernah menjadi panutan, kini ia tampak seperti figur yang terjebak dalam perangkap ambisi pribadi yang telah menjerumuskan seluruh struktur perusahaan.

Sambil menelusuri arsip demi arsip, Riana merasakan beban emosional yang semakin berat. Ia tak bisa menghindari bayangan masa lalu yang muncul kembali melalui ingatan-ingatannya. Di setiap dokumen, terdapat kilasan masa-masa ketika ia, Bima, dan Farida masih muda, berkumpul dalam suasana hangat di acara keluarga yang dihadiri oleh Indra. Meskipun hari itu penuh tawa dan keakraban, kini kenangan itu kontras dengan realitas pahit yang sedang ia hadapi. Ia menyadari, bahwa kepercayaan yang pernah terjalin sangat rapuh untuk dihidupkan kembali, sebagaimana retakan-retakan kecil sudah mulai muncul di dinding tebal bangunan yang selama ini kokoh berdiri.

Di sisi lain, Tegar mencoba untuk menenangkan dirinya meskipun di dalam hatinya terdapat kekacauan yang luar biasa. Hanya saja, kehadiran Riana yang kini tenggelam dalam penyelidikan membuat jarak di antara mereka semakin terasa. Di sela-sela kesibukan Riana, Tegar sering kali melihat kilasan matanya yang dipenuhi kelelahan dan keragu-raguan. "Apakah aku cukup kuat untuk mendampingi ia di tengah badai ini?" pikir Tegar sambil mengusap lembut sisi pipinya yang sembab karena kurang tidur dan tekanan emosional. Hubungan mereka, yang dulu dianalogikan sebagai oase di tengah padang pasir penuh badai, kini dihadapkan pada godaan konflik dan dilema antara cinta dan pengabdian pada perusahaan.

Riana tak hanya bergelut dengan data dan dokumen, tetapi juga harus menahan emosi ketika menemukan bukti berupa komunikasi rahasia yang mengarah pada pengkhianatan dari dalam keluarga. Di salah satu folder tersembunyi, terselip pesan-pesan yang mengisyaratkan adanya upaya untuk menyabotase operasi perusahaan dan melemahkan kepercayaan publik terhadap dewan direksi. Setiap kata-kata yang tertulis menyiratkan kekecewaan mendalam, pengkhianatan yang tak terbantahkan, serta ambisi yang lahir dari keinginan untuk merebut kendali. Penemuan ini membuat Riana semakin yakin bahwa untuk mengatasi krisis besar ini, ia harus menemukan dan mengungkap siapa di antara mereka yang rela mengorbankan segalanya demi ambisi pribadi.

Dalam keheningan ruang kerja yang hanya dipecahkan oleh derit kursi dan ketukan pengetikan di keyboard, Riana terus menggali dan mengaitkan setiap potongan informasi. Ia mencatat dengan teliti, membangun timeline kronologis yang menghubungkan satu peristiwa dengan yang lainnya. Teknik investigasinya yang sistematis membuatnya mampu menyimpulkan bahwa kegagalan moral dan ambisi yang tak terkendali telah membawa perusahaan pada titik ambang kehancuran. "Kita telah terlalu lama membiarkan perbedaan pendapat terkubur di balik kekuasaan," gumamnya pelan, seakan berbicara pada cermin yang memantulkan bayangan keputusasaan dan tekadnya untuk membetulkan keadaan.

Setelah beberapa jam menyelami labirin dokumen dan rekaman pertemuan rahasia, Riana menemukan satu pola yang mengaitkan setiap penyimpangan yang terjadi. Di balik setiap laporan yang menyimpang, ada tangan-tangan yang berusaha mencuri kepercayaan dan menciptakan kekosongan moral yang mengancam kelangsungan Grup Harsono. Ia mendapati adanya jaringan kolusi yang amat dalam, yang melibatkan pihak internal dan eksternal, yang bersama-sama merusak keseimbangan yang telah dibangun selama bertahun-tahun. Hasil temuannya ini meyakinkan bahwa konflik internal tidak hanya tentang perebutan posisi, tetapi juga soal integritas—sesuatu yang tidak ternilai harganya.

Saat malam semakin larut, ruangan kerja yang dulu penuh dengan cahaya lampu kini disinari hanya oleh kilau monitor dan bayangan samar dari dokumen-dokumen penting. Riana menutup matanya sejenak, mencoba menyatukan kembali potongan-potongan pemikiran yang tersebar akibat tekanan emosional dan beban tanggung jawab yang ia pikul. Di balik setiap temuan yang mengejutkan, ia menyadari bahwa kepercayaan dan persatuan keluarga Harsono telah mengabaikan nilai-nilai yang sejatinya membentuk karakter mereka. Kerapuhan inilah yang nyaris membuat semuanya runtuh, mengunci mereka dalam lingkaran ambisi dan penyesalan yang sulit terurai.

Sambil terus menyusun ulang informasi, Riana merasa bahwa semakin ia mendekati inti permasalahan, semakin banyak pula bayang-bayang kelam yang muncul di sekelilingnya. Di tengah keheningan malam, pikirannya kembali melayang pada Tegar, yang kini tampak semakin jauh karena tugas dan perannya dalam investigasi ini. Pertanyaan tentang cinta, kepercayaan, dan pengorbanan pun semakin menghantui. Ia menyadari, bahwa hanya dengan mengungkap kebenaran dengan sepenuh hati, ia dapat berharap menyelamatkan bukan hanya perusahaan, tetapi juga relasi personal yang sudah retak akibat tekanan krisis ini.

Riana bangkit dari kursinya dengan tekad yang berhasil menundukkan rasa lelah. Dengan setiap laporan yang ditemukan, ia semakin dekat dengan inti kebenaran yang telah lama tersembunyi di balik tabir ambisi dan konflik moral. Dalam benaknya, terselip harapan bahwa suatu hari, kebenaran yang dipikulnya akan menjadi jembatan untuk membangun kembali kepercayaan yang telah lama tergerus oleh keserakahan dan dendam. Namun, ia juga tahu bahwa jalan yang harus ditempuh tidaklah mudah. Setiap langkah yang diambilnya kini seolah menuntunnya ke ambang kehancuran yang semakin nyata, dimana rahasia masa lalu turut mewarnai keputusasaan masa kini.

[Kilas Balik | Tahun 1998]

Di bawah langit senja yang merona, sebuah rumah megah di pinggiran kota menjadi saksi bisu kumpulnya keluarga Harsono. Saat itu, Riana, Bima, dan Farida masih muda, penuh harapan dan semangat. Mereka bersama Indra, pangeran perusahaan yang juga dihormati karena kebijaksanaannya, merayakan momen kebersamaan di ruang tamu yang dipenuhi canda tawa dan kehangatan. Suasana itu sangat kontras dengan kondisi masa kini yang penuh kepiluan dan intrik.

Di antara aroma kopi hangat dan hidangan khas buatan ibu, percakapan ringan berubah menjadi diskusi tentang masa depan. Indra berbicara dengan lembut tentang visi dan misi perusahaan, menginspirasi para anak untuk bekerja keras demi kemajuan keluarga. Riana mendengarkan dengan matanya yang bercahaya, yakin bahwa pada hari itu, kepercayaan dan cinta akan selalu mengatasi segala keraguan. Momen itu terpahat dalam ingatannya sebagai waktu ketika segala sesuatu tampak mungkin dan impian tampak begitu nyata.

Namun, di balik tawa dan riang gembira tersebut, benih-benih ambisi mulai tertanam. Sesekali, perbedaan pendapat tentang taktik bisnis muncul secara halus, menyiratkan bahwa bahkan dalam kebersamaan terhangat sekalipun, kekuatan ambisi personal tak terhindarkan. Indra, walaupun selalu tampil sebagai pemersatu, tampak menyimpan rahasia yang hanya diketahui oleh beberapa orang terdekatnya. Di malam yang sunyi itu, Riana pun mulai merasakan adanya dinamika yang lebih kompleks dari sekadar kemesraan keluarga, sebuah pertanda bahwa hari-hari indah itu mungkin hanya sebuah ilusi sementara.

Perayaan di rumah megah itu meninggalkan kenangan manis yang kini terasa lara, kontras dengan realitas pahit yang harus dihadapi saat ini. Riana mengenang momen itu dengan perasaan campur aduk; kerinduan terhadap kebersamaan yang hangat bercampur dengan kekecewaan atas pengkhianatan yang perlahan menggerogoti kepercayaan keluarganya. Kilas balik itu menjadi penanda betapa jauh mereka telah tersesat dalam labirin ambisi dan konflik, yang akhirnya membawa mereka pada titik nol yang mengancam segalanya.

III. Klimaks Konfrontasi

Di ruang dewan yang luas dan megah, suasana telah berubah menjadi medan pertempuran antara kebenaran dan ambisi. Angin dingin menerpa jendela besar, seolah-olah alam ikut merasakan kegundahan yang menyelimuti setiap jiwa yang hadir. Meja panjang yang biasanya menjadi simbol kesatuan kini telah menjadi saksi bisu perseteruan yang tak terhindarkan. Para dewan direksi dan rekan bisnis berkumpul dengan wajah yang serius, penuh dengan ekspresi marah, kecewa, dan keputusasaan.

Riana, yang selama ini menyendiri di sudut ruangan, bangkit dengan tatapan penuh tekad. Setiap langkahnya menggemakan panggilan keadilan di tengah ruangan yang penuh dengan diam menggantung. Di hadapan para anggota dewan, ia menata setiap kata dengan hati-hati namun penuh emosi. "Cukuplah!" teriaknya, suara yang menggema seakan menembus setiap dinding dan meruntuhkan tembok penolakan. "Kita harus berdamai dengan kebenaran, atau kita akan hancur bersama!" teriakan itu mengguncang ruang dewan, menciptakan getaran yang seolah menandai berakhirnya kesunyian dan mengawali babak baru dalam sejarah Grup Harsono.

Seketika, ruangan yang tadinya hening seolah meledak dengan reaksi emosional. Beberapa anggota terdiam terpaku, sementara yang lain terlihat berusaha mempertahankan sikap profesional meskipun hatinya guncang. Di antara kerumunan itu, wajah Indra tampak menyimpang. Mata yang dahulu penuh keyakinan kini mengabur dengan rasa bersalah dan ketakutan. Tuduhan yang dilontarkan Riana selalu tentang ambisi pribadi yang tak terkendali – sebuah cermin dari kegagalan moral yang membuat seluruh institusi rapuh.

Di balik keributan itu, Tegar maju mendekati Riana dengan langkah perlahan. Sesaat sebelumnya, mereka hanya saling bertukar pandang penuh beban, namun kali ini Tegar berani membuka suara, "Riana, aku di sini bersamamu. Meski badai ini terasa sangat menghancurkan, aku percaya bahwa bersama kita bisa menemukan jalan keluar." Ucapannya mengandung kehangatan yang merekah seolah mencoba mengobati luka yang sudah terlalu dalam.

Namun, kata-kata Tegar sempat tenggelam oleh kecaman dan perdebatan yang semakin memanas. Suara-suara saling bertubrukan, menyuarakan tudingan, penyesalan, dan penolakan atas segala bentuk pengkhianatan. Setiap kalimat yang terucap bagaikan belerang yang menyalakan bara kemarahan dalam hati masing-masing. Di tengah kekacauan itu, Riana memusatkan pandangannya pada Indra, yang kini terlihat seperti bayangan masa lalu yang telah menyimpang dari jalur yang benar.

"Selama ini, kita telah menyembunyikan kebenaran demi keamanan dan kekuasaan," ucap Riana sambil menggenggam dokumen yang menjadi bukti nyata dari korupsi dan persekongkolan internal. "Kita telah mengkhianati kepercayaan yang seharusnya menjadi landasan kita bersama. Jika kita tak mampu mengungkap kebenaran ini, maka tak ada yang bisa menyelamatkan kita." Setiap kata yang diucapkannya menggema dengan kekuatan, menantang nasib dan menuntut agar setiap anggota dewan membuka mata mengenai betapa dalamnya luka yang telah diderita oleh perusahaan dan keluarga ini.

Di sisi lain, tatapan Tegar yang lembut mencoba menyampaikan pesan bahwa di balik kekacauan profesional, tetap ada harapan untuk penyelesaian secara personal. Namun, konflik yang telah merenggut kedekatan antara para anggota dewan membuat komunikasi semakin penuh dengan jarak dan keraguan. Setiap helaan napas di ruang dewan seolah merupakan pertarungan antara moral dan ambisi, antara ingatan masa lalu yang bahagia dan kenyataan pahit yang harus dihadapi sekarang.

Saat suasana semakin memuncak, salah satu anggota dewan berdiri dan menyuarakan betapa kepercayaan telah dikhianati. "Kita telah membiarkan ambisi meracuni setiap langkah kita! Berapa lama lagi kita akan terus menutupi kebenaran hingga kehancuran total?" seru sang pejabat, suaranya memecah keheningan seperti gemuruh petir. Pertanyaan itu menggantung lama di udara, menuntut agar setiap individu mempertanyakan kembali nilai dan prinsip yang telah lama terlupakan demi keuntungan sesaat.

Riana, dengan wajah yang mulai basah oleh air mata, menatap ke sekeliling ruangan dengan penuh kegetiran. Ia menyadari bahwa konfrontasi ini bukan hanya soal memulihkan integritas perusahaan, tetapi juga soal mengembalikan kepercayaan dan kehormatan yang telah hilang. "Kita harus menyatukan hati dan pikiran, atau kita akan hancur bersama," ucapnya lagi, kali ini dengan nada yang bahkan lebih tegas dan memaksa. "Ambisi tanpa batas telah menjerumuskan kita dalam kejatuhan moral yang tak terelakkan. Hanya dengan kejujuran dan pengakuan atas kesalahan, kita dapat membangun kembali pondasi yang telah lama terkikis." Ungkapan itu seakan menciptakan keheningan mendalam, mengharuskan setiap orang untuk merenungi arti kebersamaan dan tanggung jawab yang sesungguhnya.

Saat ketegangan mencapai puncaknya, ruang dewan terasa seolah-olah terhenti dalam waktu. Semua mata terpaku pada Riana, yang kini menjadi simbol dari perjuangan untuk mengungkap kebenaran di balik tirai ambisi. Dalam momen yang begitu intens, air mata bercampur tekad menyatu di wajahnya, menandakan bahwa ia telah memutuskan untuk membawa rantai perubahan, meskipun harus mengorbankan kenyamanan masa lalu.

Di luar ruangan, badai petir mulai mengguncang langit, seolah menjadi refleksi dari kekacauan batin yang terjadi di dalam. Tiap sambaran petir menambah dramatisasi momen itu, menandakan bahwa kekuatan alam sendiri pun tampak bersimpati dengan penderitaan hati yang kini terbelah. Di tengah gemuruh alam dan perdebatan yang menggelegar, Riana berdiri tegak, menghadapi setiap tudingan dan pengkhianatan yang telah mewarnai perjalanan panjang keluarga Harsono.

"Mulai sekarang, kita harus merubah arah," ucapnya, suaranya tak lagi goyah meski segala emosi bergejolak di dalam diri. "Jika kita gagal, maka kegelapan ambisi akan menelan seluruh sisa-sisa harapan yang pernah kita bangun bersama. Aku tidak ingin melihat kita terjebak dalam siklus kekuasaan yang membawa malapetaka. Ini adalah titik nol – titik di mana kita memutuskan untuk bangkit atau hancur selamanya." Seruan itu menggema seolah melintasi setiap lapisan hati, menuntut agar mereka yang masih tersisa memiliki keberanian untuk mengakui kesalahan dan mencari penebusan melalui kejujuran dan kerja sama bersama.

Di antara ais dan hujan yang terus mengguyur, Tegar menyelinap kembali di sisi Riana, menggenggam lengannya sebagai simbol dukungan yang tak terhingga. Mereka saling bertukar pandang, seakan mengerti bahwa perjuangan yang sedang mereka hadapi bukan hanya soal mempertahankan sebuah perusahaan besar, tetapi juga soal membangun kembali kepercayaan antara hati yang pernah terpaut. Hubungan mereka yang perlahan-lahan teruji oleh waktu dan konflik, kini menjadi metafora dari apa yang harus dipertahankan: cinta, integritas, dan keberanian untuk menghadapi kebenaran, betapapun menyakitkannya.

Waktu seolah melambat di dalam ruang dewan itu. Setiap detik terasa seperti pergulatan antara keinginan untuk mempertahankan kekuasaan dengan panggilan moral yang mengharuskan perubahan. Suasana yang semula penuh dengan kedamaian kini berubah menjadi medan pertempuran emosi dan keyakinan. Di tengah keheningan yang mulai mereda, beberapa anggota mulai mengangguk pelan, seolah tersadar bahwa mereka telah terperangkap dalam lingkaran ambisi dan kesalahan yang harus segera diakhiri.

Dengan langkah pasti, Riana mengemukakan rencana untuk melakukan reformasi internal secara menyeluruh. Ia menuntut keterbukaan dan akuntabilitas sebagai pondasi baru yang harus ditegakkan. "Kita akan menjalani audit menyeluruh, mengevaluasi setiap keputusan yang telah kita buat selama ini, dan yang terpenting – kita harus mengakui dan menerima setiap kesalahan. Hanya dengan itu, kita dapat mulai menyusun kembali masa depan yang lebih adil dan bersih dari noda pengkhianatan," jelasnya dengan nada tegas, memancarkan aura kepemimpinan yang mengundang harapan di tengah badai.

Dalam dekapan ruang dewan yang penuh gairah dan kegetiran, sebuah titik balik pun mulai muncul. Suasana yang tadinya dipenuhi kebencian dan saling menyalahkan, perlahan-lahan mulai bergeser menuju dialog yang konstruktif. Para anggota dewan, meskipun dengan luka di hati masing-masing, mengetahui bahwa untuk bertahan dalam dunia bisnis yang semakin keras, mereka harus memiliki pondasi moral yang kuat dan ikatan yang tulus. Sementara itu, intrik internal yang telah berlangsung selama ini perlahan-lahan terurai, menampakkan bahwa hanya dengan kebenaran, mereka bisa mengakhiri siklus kerusakan ini.

Riana dan Tegar, yang kini menjadi simbol harapan dan keberanian, berdiri bersama sebagai pilar utama dalam upaya penyembuhan. Walaupun bayang-bayang ambisi dan keserakahan masih membayangi, percikan harapan mulai tumbuh dari setiap kata dan tindakan yang diluncurkan malam itu. Di balik air mata dan luka lama, tersimpan tekad untuk menata ulang masa depan Grup Harsono, membangun jembatan yang menghubungkan masa lalu yang indah dengan masa depan yang layak diperjuangkan.

Dengan situasi yang kian mengendap, langit malam di luar ruang dewan menyaksikan keheningan yang penuh arti. Namun, di dalam hati setiap orang yang hadir, terpahat tekad yang sama – untuk mengakhiri era keserakahan dan memulai babak baru yang lebih jujur dan terbuka. Momen itu mengukir sejarah tersendiri, sebuah titik nol di mana kebenaran dan keadilan harus mengatasi segala bentuk ambisi yang telah membelenggu mereka terlalu lama.

Ketika ruangan mulai hening dan pertemuan memasuki babak refleksi, Riana menatap setiap rekan dengan penuh harapan dan sedikit kelelahan. "Hari ini, kita tunjukkan kepada dunia bahwa meski terjerat ambisi, kita masih punya hati untuk benahi kesalahan. Mari mulai dari sini, kita bangun kembali kepercayaan yang telah hilang," katanya, suaranya semakin mantap seiring keyakinannya tumbuh dari dalam.

Di balik setiap luka dan ketidakpastian, malam itu menorehkan babak terakhir dari konflik yang selama ini telah merusak tatanan dan keutuhan keluarga Harsono. Dengan komitmen yang bangkit dan keberanian untuk menghadapi bayang-bayang masa lalu, para anggota dewan mulai meretas jalan yang akan menentukan nasib Grup Harsono dalam dekade-dekade mendatang. Dan dalam kepedihan yang masih terasa, terdapat secercah harapan yang mengisyaratkan bahwa meski terperangkap dalam ambisi, kebenaran tetaplah senjata paling kuat untuk terobosan masa depan.

Ketika pertemuan berakhir, ruang dewan pun terasa berbeda. Semangat yang tadinya terpendam mulai mengalir deras, membawa percikan harapan yang baru. Riana, yang kini berdiri di ambang perubahan, menyadari bahwa perjuangan ini bukan sekadar tentang mempertahankan sebuah institusi, melainkan tentang membangun kembali hati dan jiwa yang telah lama terluka. "Kita telah mencapai titik nol," ujar Riana dengan suara yang penuh keyakinan, "dan dari titik nol inilah, kita bangun kembali segalanya – dengan kejujuran, keberanian, dan cinta yang tak tergoyahkan."

Di antara sorotan lampu ruang dewan dan desingan angin malam, bab konflik ini pun berakhir dengan keheningan yang mendalam. Suasana mencekam yang menyelimuti Grup Harsono perlahan berganti dengan keinginan untuk memperbaiki kesalahan dan menyembuhkan luka lama. Inilah titik nol konflik – momen kritis yang menentukan masa depan, yang menantang setiap insan untuk merenungi, menerima, dan mulai melangkah ke arah baru yang lebih cerah.

Riana dan Tegar pun saling berpandangan, mengerti bahwa meskipun jalan yang akan ditempuh masih penuh dengan ketidakpastian, mereka tidak sendiri dalam perjuangan melawan ambisi yang telah lama menggerogoti diri mereka. Di hadapan dunia yang penuh dengan tantangan dan intrik, mereka berdua bersumpah untuk selalu mencari kebenaran dan tidak membiarkan ambisi mengaburkan hati nurani. Dengan demikian, cerita konflik internal dan pertempuran moral yang begitu menguras emosi itu pun berakhir—untuk saat ini—meninggalkan harapan baru yang harus dibina dengan kerja keras dan keikhlasan.

Saat malam semakin larut dan kerumunan mulai bubar, satu hal menjadi jelas: titik nol ini adalah awal dari perjalanan baru. Perjalanan yang tidak hanya menuntut integritas profesional, tetapi juga pengampunan dan rekonsiliasi dalam hubungan keluarga yang telah lama tersudut oleh ambisi. Dengan keberanian yang terlahir dari kebenaran, Grup Harsono akhirnya melangkah ke era baru, sebuah era di mana kebenaran, keadilan, dan cinta menjadi landasan utama untuk membangun masa depan yang lebih gemilang dan bebas dari bayang-bayang ambisi.

Hingga akhirnya, ketika pintu rapat pun tertutup dan suara gaduh konflik mereda, hanya tersisa tekad yang kuat untuk memulai kembali. Dalam keheningan malam yang baru, secercah harapan menyinari jalan menuju pemulihan yang perlahan namun pasti. Bab 9: Titik Nol Konflik mengakhiri kisah ini dengan sebuah janji bahwa kebenaran, walau berat, akan selalu menjadi fondasi yang tidak tergoyahkan—sebuah janji yang akan menentukan nasib tidak hanya sebuah perusahaan, melainkan juga jalinan hubungan keluarga yang selama ini telah diuji oleh badai ambisi dan konflik moral.

Bab 10

Pecahnya Ilusi Kekeluargaan

Berita Bisnis: "Kepemimpinan Grup Harsono Dipertanyakan, Investor Global Mulai Menarik Dukungannya." Berita yang mengguncang dunia bisnis ini menyertai rapat dewan direksi yang berlangsung dengan tegang di sebuah gedung pencakar langit di pusat Jakarta. Langit mendung seakan mencerminkan suasana hati para eksekutif yang hadir, di mana setiap keputusan berpotensi mengubah nasib perusahaan dan, pada saat yang sama, merobek ilusi persatuan keluarga.

Masa Kini

Ruangan rapat yang luas itu dipenuhi oleh bisik-bisik ketidakpercayaan, dengan setiap anggota dewan menyadari bahwa keretakan dalam kepemimpinan Grup Harsono sudah tidak bisa disembunyikan lagi. Di tengah ambient formal dan ketat, Riana, yang selama ini dikenal setia dan penuh dedikasi, kini tampil dengan tatapan tajam dan langkah tegas menuju podium.

"Saudara-saudara, saya hadir di sini bukan semata-mata karena ikatan darah, melainkan demi kebenaran dan kelangsungan perusahaan yang kita banggakan," ucap Riana dengan suara tegas namun menyimpan getir. Di balik nada formal itu tersimpan kekecewaan mendalam atas intrik keluarga yang telah merongrong nilai-nilai integritas yang selama ini dijunjung tinggi.

Riana membuka folder berisi dokumen-dokumen yang selama ini dikumpulkan secara rahasia. "Bukti-bukti ini menunjukkan bahwa keputusan yang diambil oleh Bima secara sepihak telah mengakibatkan kerugian finansial signifikan. Nilai saham perusahaan telah merosot hingga 15% hanya dalam sepekan terakhir, dan investor global mulai kehilangan kepercayaan," jelasnya sambil menatap tajam ke arah Bima yang duduk terpaku di sudut ruangan.

Seorang dewan yang lain dengan cepat meminta klarifikasi, "Ibu Riana, apa yang sebenarnya saudara maksud? Kami butuh penjelasan konkret agar situasi ini dapat segera diluruskan."

Sambil memasang tatapan tajam pada rekan-rekannya, Riana menjawab, "Berikut adalah dokumen transaksi dan korespondensi email yang membuktikan adanya penyimpangan prosedur keuangan. Tidak hanya itu, ada indikasi bahwa pengambilan keputusan tanpa persetujuan bersama telah dilakukan demi kepentingan pribadi. Ini sudah jelas mengganggu tata kelola perusahaan yang seharusnya kita jaga bersama."

Sementara itu, Farida yang duduk di sebelah Bima tampak pucat dan mencoba menghindari tatapan. Seorang anggota dewan menginterupsi, "Ibu Farida, bagaimana penjelasan saudara mengenai keputusan-keputusan unilateral yang baru-baru ini diambil? Bukankah seharusnya kita mengambil keputusan kolektif?"

Dengan suara gemetar namun terhitung, Farida menjawab, "Saya bertindak untuk memastikan agar perusahaan menghadapi tekanan pasar yang tiba-tiba. Namun, saya akui bahwa tindakan saya telah menimbulkan ketidakpercayaan di kalangan investor dan berdampak buruk pada nilai saham."

Tak lama kemudian, Tegar, yang selama ini berperan sebagai mediator dalam konflik internal, maju sedikit dari belakang meja. "Izinkan saya menjelaskan bahwa niat saya adalah untuk meredam ketegangan. Saya akui adanya hubungan yang tidak seharusnya antara saya dan salah satu anggota pimpinan. Tetapi saya juga berusaha menjaga suasana agar tidak semakin memanas," ungkapnya sambil menghela nafas berat. Suaranya mengandung penyesalan dan, meskipun terbata-bata, mencoba menenangkan para dewan yang mulai membelah belah antara kepentingan personal dan tanggung jawab perusahaan.

Ruang rapat itu seakan bergeming dalam kebisuan yang menekan, diwarnai dengan tatapan saling curiga antara anggota keluarga dan kolega. Setiap kata yang diucapkan memiliki dampak langsung pada kepercayaan investor, yang memantau situasi dengan mata yang tajam. Riana terus melanjutkan, "Kita harus memahami bahwa kerugian yang terjadi bukan hanya tentang angka di atas kertas, tetapi tentang kepercayaan yang telah tergerus. Jika kita terus membiarkan intrik internal ini, bukan hanya nilai saham yang terus merosot, tetapi masa depan perusahaan ini akan hancur." Setiap huruf yang keluar dari bibirnya seolah membawa beban sejarah panjang perseteruan, mengingatkan semua pihak akan betapa rapuhnya fondasi yang selama ini dianggap kokoh.

Dalam rapat itu, suasana semakin panas. Diskusi antara anggota dewan intens, dengan beberapa yang bersikap pragmatis dan berusaha mencari solusi, sementara yang lain lebih memilih untuk saling menyalahkan. Di tengah kegaduhan tersebut, Riana berdiri tegak dan dengan penuh emosi berkata, "Kita berada di persimpangan jalan. Di satu sisi, kita bisa terus terjebak dalam intrik dan konflik personal, yang jelas akan memperburuk kondisi perusahaan. Di sisi lain, kita harus bangkit dan menciptakan solusi yang dapat memulihkan kepercayaan investor. Pilihan ada di tangan kita semua." Suasana semakin mencekam saat perdebatan mencapai puncaknya dan masing-masing pihak saling menuduh satu sama lain atas kesalahan yang telah terjadi.

Pada saat itu, dewan keuangan mengeluarkan laporan terbaru yang menunjukkan penurunan drastis nilai saham perusahaan. "Laporan terkini menunjukkan bahwa saham Grup Harsono anjlok sebesar 18% dalam 72 jam terakhir," kata seorang analis senior dengan nada dingin dan objektif. Angka-angka yang dilontarkan menyulut kemarahan dan kekecewaan yang mendalam, seolah-olah seluruh perjuangan keluarga selama ini diremehkan oleh realitas yang ada.

Dalam keheningan yang memekakkan telinga, Riana melanjutkan, "Ini bukan hanya soal angka. Ini tentang masa depan anak cucu kita, tentang warisan yang harus kita jaga. Di antara kita, ada yang lebih mementingkan kekuasaan pribadi dibandingkan stabilitas dan keberlanjutan perusahaan. Jika kita tidak segera merumuskan langkah tegas, tidak ada jaminan bahwa kita bisa bertahan menghadapi badai ini."

Suasana semakin mencekam ketika tiba-tiba terdengar suara keras dari pintu rapat. Seorang petugas masuk dengan ekspresi gelisah sambil mengumumkan bahwa beberapa investor utama telah menolak untuk memberikan dukungan lebih lanjut kecuali ada perubahan signifikan dalam manajemen dan tata kelola perusahaan. "Keputusan investor global untuk menarik dukungan mereka telah mengharuskan kita untuk berbenah atau kehilangan segalanya," lapor petugas itu, membuat getaran di antara para hadirin yang sudah dalam kondisi genting.

Ketika tuduhan internal semakin terbuka, Riana merasakan beban moral yang semakin berat. Sisi loyalitasnya terhadap keluarga yang selama ini dianggap suci perlahan terkikis oleh kenyataan pahit bahwa setiap individu telah melakukan pengkhianatan demi kepentingan pribadi. "Selama ini saya percaya bahwa kekeluargaan adalah pondasi yang menguatkan kita, namun hari ini saya harus mengakui bahwa bayang-bayang iri hati dan ambisi telah merusak segalanya," ujar Riana dengan pandangan kosong sejenak, sebelum akhirnya mengambil kembali kendali atas emosinya.

Saat rapat berlangsung, benang merah konflik pun terkuak satu per satu. Dokumen-dokumen yang diperlihatkan Riana tidak hanya membuktikan adanya pelanggaran prosedur, tetapi juga menunjukkan adanya indikasi sabotase dari pihak internal. "Kita menemukan jejak transaksi yang mencurigakan. Beberapa dana telah dialihkan ke rekening-rekening yang tidak kami kenal. Ini bukan hanya kesalahan prosedur—ini adalah tindakan sabotase yang disengaja," tegas Riana sambil menyebarkan beberapa lembar kertas di meja rapat, membuat para hadirin terpaku dan tak mampu mengalihkan pandangan. Salah seorang dewan senior mencoba membela diri, "Semua langkah yang diambil merupakan insiatif untuk menyelamatkan perusahaan dari krisis pasar yang tiba-tiba. Tidak ada maksud untuk mencelakai persatuan keluarga." Namun, jawabannya hanya semakin menggiring keadaan kepada titik pemecahan. Riana menanggapi dengan dingin, "Jika begitu, tolong izinkan saya menunjukkan bahwa inisiatif buruk ini telah mengakibatkan kerugian yang tidak terhitung. Investor mempertanyakan siapa yang sebenarnya memimpin perusahaan ini. Bukti yang saya hadirkan memaksa kita untuk mempertanyakan setiap keputusan yang selama ini dianggap tanpa cela."

Debat semakin memanas seiring dengan kedatangan laporan kedua. "Nilai saham kita mengalami penurunan drastis, dan kepercayaan investor global kini berada di ujung tanduk. Jika kita tidak segera melakukan reformasi manajemen, maka kerugian yang kita alami akan semakin dalam," ungkap salah seorang anggota dewan dengan nada mendesak. Setiap kata yang terucap menggema dengan kepastian bahwa kewaspadaan investor bukanlah hal yang sepele lagi. Seluruh ruangan terasa seperti medan peperangan di mana keputusan-keputusan yang diambil hari ini akan menentukan nasib jutaan pemegang saham dan masa depan perusahaan secara keseluruhan.

Kilas Balik

Di sela-sela kekacauan rapat, ingatan Riana melayang kembali pada masa yang tampak penuh kehangatan dan persatuan. Ia teringat pada sebuah perayaan ulang tahun megah yang diadakan oleh Indra, ayah tiri yang pernah menyatukan seluruh keluarga dalam satu atap. Saat itu, ruangan bergaya mewah dipenuhi tawa dan canda; parapuan warna-warni, dekorasi mewah, dan hidangan istimewa seolah menghapus segala perbedaan yang ada antara anggota keluarga.

"Hari ini bukan hanya tentang ulang tahunmu, tapi juga tentang kebersamaan kita sebagai satu keluarga," ujar Indra dengan senyum tulus, sambil mengobarkan semangat persatuan di antara yang hadir. Semua beban dan duka seolah terhapus untuk sesaat, dan kehangatan tersebut menyelimuti setiap sudut ruangan. Namun, di balik senyuman dan tawa, tersembunyi bisikan kecil yang menunjukkan bahwa perbedaan pendapat dan ambisi masing-masing telah mulai tumbuh.

Saat itulah, Riana yang masih muda dan penuh idealisme menyaksikan bagaimana setiap detik kebahagiaan menyimpan benih-benih konflik masa depan. Seorang anggota keluarga, dengan nada yang amat halus, sempat mengomentari, "Mungkin suatu hari nanti, perbedaan kita akan terkuak, walaupun untuk saat ini kita mencoba lupakan." Komentar yang disengaja terdengar bagai ramalan pahit, menyisakan bayangan akan pengkhianatan dan ambisi yang tak terhindarkan.

Dalam pesta mewah itu, Riana pun menyadari bahwa setiap senyuman yang terukir seakan disertai dengan kepalsuan. Ia melihat Bima yang dengan jelas tampak terlalu antusias memuji keberhasilan keuangan, sementara Farida tampak gelisah di tengah keramaian. Bahkan Tegar, yang biasanya pendiam, terlihat berusaha menjaga jarak dan keprofesionalan. Semua itu menjadi petunjuk bahwa apa yang tampak harmonis hanyalah ilusi, yang kelak akan runtuh oleh kekuatan ambisi dan kepentingan pribadi.

Suasana itu pun tercatat jelas di benak Riana, sebuah momen kelembutan di mana ia menduga bahwa kekeluargaan yang selama ini ia junjung malah menyimpan retakan. "Mungkin, di balik kemewahan ini, tersimpan rahasia yang akan meruntuhkan segala ilusi yang kita bangun," pikirnya, meski pada waktu itu ia masih terlalu muda untuk memahami betapa dalamnya konflik yang tengah berkembang.

Waktu berlalu, dan pesta ulang tahun itu pun menjadi saksi bisu dari benih-benih ketidaksetiaan yang mulai tersiram. Setiap tawa dan senyum yang ditampilkan, seolah menjadi bayangan dari tragedi yang kelak akan menghantam. Keriuhan pesta itu berubah menjadi riak primer yang kemudian mengukir luka di hati setiap anggota keluarga, terutama bagi Riana yang sejak lama memiliki idealisme tinggi tentang pentingnya keharmonisan.

Di sela-sela kilas balik mengenang hari-hari itu, Riana merasa bahwa masa lalu telah memberikan peringatan. Ia menyadari bahwa meskipun pada saat itu ia tampak setia dan penuh harapan, pengamatan yang jeli telah menyingkap realitas pahit bahwa kekeluargaan tidak selamanya berlandaskan cinta. Harapan yang semu itu kemudian menghantui setiap langkahnya, membawa ia kepada pencarian kebenaran yang kini harus ia hadapi dengan segenap keberanian.

Kembali ke Masa Kini

Kembali ke ruangan rapat yang bergemuruh dengan ketegangan, kilas balik itu semakin mempertegas titik balik dalam hati Riana. Tatapan lembut yang dulu ia berikan kepada setiap anggota keluarga telah berubah menjadi tatapan sinis yang mempertanyakan setiap keputusan yang didasarkan pada kepentingan pribadi. Ia kini tidak bisa lagi mengabaikan kenyataan pahit bahwa anggota keluarga yang pernah dianggap sebagai pilar kekuatan kini justru menjadi sumber kerusakan bagi perusahaan.

Saat itu, Riana menatap ke arah Bima, Farida, dan Tegar dengan keyakinan baru yang tercermin jelas dalam setiap ucapannya. "Kita harus sedar, bahwa intrik dan rahasia yang telah kita sembunyikan di balik topeng kekeluargaan telah menciptakan jurang pemisah yang tidak mudah untuk diatasi. Setiap keputusan yang diambil oleh satu pihak tanpa musyawarah bersama telah secara langsung mempengaruhi nilai saham perusahaan. Kita telah kehilangan kepercayaan investor dan, pada akhirnya, masa depan Grup Harsono dipertaruhkan." Ucapnya dengan tegas, seolah menghitung setiap kata sebagai upaya terakhir untuk menyatukan pandangan dewan yang kini terpecah belah.

Suasana semakin mencekam, ketika salah satu anggota dewan bertanya dengan nada dingin, "Apa langkah konkret yang harus kita ambil untuk membalikkan keadaan ini, Ibu Riana? Bukankah dalam situasi seperti ini, loyalitas keluarga seharusnya menjadi kekuatan utama kita?"

Riana menjawab, "Loyalitas yang buta bukanlah solusi. Kita telah terjebak dalam permainan kekuasaan dan ambisi. Saatnya kita mengambil langkah reformasi dengan keberanian yang telah lama hilang. Kita harus mengungkap kebenaran di balik transaksi-transaksi mencurigakan ini, dan memastikan tidak ada individu yang berada di atas aturan. Jika kita terus membiarkan kebohongan dan pengkhianatan berkuasa, nilai saham kita akan terus merosot dan masa depan perusahaan ini akan hancur." Ia menatap tajam, seakan berusaha menancapkan benih kewaspadaan pada setiap hati yang hadir.

Dialog-dialog di meja rapat kini berubah menjadi adu argumen antara yang masih mencoba menyelamatkan nama baik kekeluargaan dan yang menyadari bahwa tanpa transparansi, keruntuhan pasti akan datang. Dalam keheningan yang mengikuti, terdengar suara salah satu anggota dewan yang merintih, "Apa yang sebenarnya kita perjuangkan? Apakah ini tentang mempertahankan kekayaan dan kekuasaan, atau tentang menghormati warisan yang telah dibangun oleh para pendahulu kita?"

Momen itu seolah menjadi titik balik dramatis yang menggerakkan setiap jiwa di ruangan. Riana yang selama ini merasa terjebak di antara harapan dan realita sekarang menumpahkan segala keberanian yang tersisa. Dengan mata berkaca-kaca namun penuh tekad, ia berkata, "Kita harus memilih: tetap bersama menghadapi badai atau terpecah belah selamanya." Kata-kata itu menggema, seakan menggugah kesadaran setiap anggota dewan bahwa saat ini bukanlah waktu untuk saling menyalahkan, melainkan untuk bersatu dalam kebenaran, demi menyelamatkan Grup Harsono dari kehancuran yang tak terhindarkan.

Pada detik-detik itu pula, suara alarm dari sistem informasi keuangan terdengar, melaporkan penurunan nilai saham secara real-time yang mengkonfirmasi apa yang telah diungkapkan Riana. Layar monitor menampilkan grafik yang menukik tajam ke bawah, memantulkan ketakutan dan kebingungan yang mengelilingi ruangan. "Ini bukan sebuah kebetulan," ujar seorang analis sambil menunjuk layar, "Setiap kebijakan yang diambil secara sepihak dan setiap rahasia yang disembunyikan telah memberikan dampak langsung pada kinerja pasar."

Debat dalam rapat kini mencapai puncak ketika beberapa dewan mengusulkan pembentukan komite investigasi internal sebagai langkah awal untuk menyelamatkan perusahaan. Namun, usulan itu ditimpa dengan pertanyaan yang lebih mendalam, "Siapa yang akan memimpin komite tersebut? Karena jika kepentingan pribadi terus mendominasi, maka kita hanya akan mengulangi siklus keruntuhan yang sama." Suasana menjadi semakin tegang saat Bima, yang sebelumnya terdiam, akhirnya membuka suara dengan nada penuh penyesalan, "Saya sadar bahwa saya telah melakukan langkah yang salah. Namun, saya juga percaya bahwa masih ada kesempatan untuk memperbaiki keadaan jika kita bekerja sama dengan sungguh-sungguh." Meski begitu, kata-kata itu tidak mampu meredakan kemarahan yang telah menghimpit rapat, karena fakta bahwa nilai saham perusahaan terus menurun seolah menjadi hukuman atas segala kesalahan yang telah dilakukan.

Di balik perdebatan dan argumen yang terjadi, mata Riana tampak seolah tidak lagi menyimpan ilusi kekeluargaan yang pernah ia kenal. Dari seorang anak muda yang pernah begitu setia, ia telah berubah menjadi sosok kritis yang tanpa kompromi mengutamakan kepentingan perusahaan di atas segalanya. Kepedihan dan kekecewaan yang ia alami sejak kilas balik perayaan ulang tahun Indra kini berpadu dengan tekad baja untuk mengembalikan integritas yang pernah hilang.

Dalam momen tersebut, seorang anggota dewan dengan kepala tertunduk berkata, "Mungkin inilah saatnya kita mengorbankan apa yang telah kita sebut kekeluargaan demi menyelamatkan perusahaan ini. Kebohongan, pengkhianatan, dan ambisi yang saling memperebutkan harus diberantas. Jika tidak, tak ada satu pun dari kita yang akan tersisa ketika badai ini berlalu." Suara itu seakan meresap ke dalam setiap lapisan ruangan, menyadarkan semua pihak bahwa setiap perpecahan yang terjadi memiliki konsekuensi yang jauh lebih besar daripada sekadar konflik internal.

Riana menatap tajam, "Kita telah terlalu lama hidup dalam bayang-bayang ilusi. Sekarang saatnya kita menerima kenyataan. Nilai saham yang merosot, dukungan investor yang menghilang, semua itu adalah akibat dari kegagalan kita untuk berdiri bersama. Perusahaan ini bukan milik satu orang, satu faksi, atau bahkan satu keluarga. Ini adalah warisan yang harus kita jaga untuk masa depan generasi mendatang."

Sekejap, ruangan rapat itu menjadi saksi bisu dari titik balik dramatis yang akan mengubah seluruh peta politik internal Grup Harsono. Dialog yang terjadi bukan lagi sekadar pertengkaran antar anggota keluarga, melainkan sebuah seruan untuk membangun kembali fondasi perusahaan dengan prinsip transparansi dan kejujuran. Hanya dengan mengakui dan memperbaiki kesalahan itu, para dewan berharap dapat mengembalikan kepercayaan para investor global yang telah lama mengincar kestabilan Grup Harsono.

Saat rapat mulai meredup dan beberapa anggota dewan meninggalkan ruangan dengan perasaan campur aduk antara penyesalan dan harapan, Riana masih tetap berdiri di depan podium. Wajahnya yang tegas dan suara yang menggema di sudut ruangan menyiratkan satu pesan yang sederhana namun mendalam: hanya dengan bersatu, walaupun melalui pengorbanan besar, perusahaan dan keluarga ini memiliki peluang untuk bertahan menghadapi badai yang semakin menggila.

Setelah rapat usai, langit Jakarta yang mulai gelap sepertinya mencerminkan kekosongan dan kegelapan yang melanda hati para pejabat tinggi dan anggota keluarga. Di luar, jalanan dipenuhi oleh kabut dan hujan kecil yang menambah kesan muram dari situasi yang tengah berlangsung. Di balik pintu gedung, Riana melangkah perlahan, menyadari bahwa setiap langkahnya kini dipenuhi oleh pertanyaan besar: apakah keluarga yang selama ini ia percayai masih mampu memulihkan harga diri dan integritas, atau akankah intrik yang telah menggerogoti dasar-dasar kekeluargaan menghancurkan segalanya?

Dalam keheningan malam yang dingin, Riana termenung sambil mengingat kata-katanya tadi di rapat, "Kita harus memilih: tetap bersama menghadapi badai atau terpecah belah selamanya." Kalimat itu menuntunnya untuk merenungi bahwa pilihan tersebut bukan hanya sekadar retorika, tetapi sebuah kenyataan yang harus dihadapi dengan segala keberanian dan integritas. Harapan untuk memperbaiki keadaan masih ada, namun jalan menuju penebusan akan disertai harga yang sangat mahal baik dalam segi keuangan perusahaan maupun dalam relasi kekeluargaan yang telah lama dipandang suci.

Sebuah pesan yang terkandung dalam pernyataan Riana itu perlahan terserap oleh setiap jiwa yang masih percaya pada kemungkinan perbaikan. Namun, di balik secercah harapan itu terdapat bayang-bayang konflik yang belum terselesaikan, dan rahasia gelap yang perlahan terekspos. Dalam pergulatan antara kepentingan pribadi dan tanggung jawab keluarga, satu hal sudah pasti: ilusi kekeluargaan yang selama ini dijunjung tinggi kini mulai pecah, dan dampaknya akan dirasakan oleh setiap lapisan perusahaan.

Malam itu, di dalam kesunyian gedung kantor yang mulai sepi, langkah Riana semakin mantap. Walaupun hatinya terporak-porak oleh kenyataan pahit yang telah ia temui, tekadnya untuk membawa perubahan dan membangun kembali kepercayaan tidak pernah surut. Dengan setiap napas, ia bersumpah bahwa ia tidak akan membiarkan ambisi dan intrik pribadi mengorbankan masa depan banyak orang. Ia tahu bahwa tugas besar menantinya, dan pilihan yang diambil di malam itu akan menjadi titik balik dalam kisah panjang Grup Harsono, mengukir sejarah baru yang sepenuhnya bergantung pada keberanian untuk mengakui kesalahan, menebus dosa, dan bersatu kembali di tengah badai yang berkecamuk.

Pada akhirnya, bab ini ditutup dengan sebuah deklarasi yang menggema melewati lorong-lorong perusahaan dan hati setiap individu yang terlibat: "Kita harus memilih: tetap bersama menghadapi badai atau terpecah belah selamanya." Suara itu, penuh emosi dan keyakinan, menjadi pertanda bahwa revolusi internal telah dimulai. Bagaimanapun juga, keputusan-keputusan dari rapat malam itu bukan hanya menentukan arah nasib perusahaan, tetapi juga meruntuhkan ilusi-ilusi kekeluargaan yang selama ini dianggap abadi.

Sementara debu dan bayangan konflik masih menyelimuti sisa-sisa rapat, setiap anggota dewan pulang dengan pikiran yang penuh dengan pertanyaan dan keraguan. Di satu sisi, ada harapan baru untuk pembaharuan yang akan membawa Grup Harsono ke era keemasan; di sisi lain, luka dari pengkhianatan masa lalu dan perpecahan keluarga masih membekas, menantang untuk segera ditutup. Langkah demi langkah, keputusan yang diambil malam itu akan mengukir sejarah baru—sebuah sejarah yang menyatukan fakta pahit dan pelajaran mendalam tentang arti kepercayaan, loyalitas, dan keberanian untuk berubah.

Dengan demikian, bab 10 pun berakhir, meninggalkan jejak kegelisahan dan harapan yang bersaing dalam benak setiap tokoh. Ilusi kekeluargaan yang selama ini merekatkan Grup Harsono kini hancur berkeping-keping, dan hanya ada satu pilihan: menyatukan kepingan-kepingan yang tersisa atau terjebak dalam kehancuran yang tak terhindarkan. Di tengah badai politik internal dan turunnya nilai saham, setiap detik yang berlalu semakin menegaskan kenyataan bahwa hanya integritas dan keberanian menghadapi kebenaran yang mampu menyelamatkan masa depan yang tersisa.

Dan bagi Riana, perjalanan yang kini memisahkan dirinya dari loyalitas buta terhadap kekeluargaan hanyalah awal dari perjuangan besar—untuk menebus kesalahan masa lalu dan memastikan bahwa di balik setiap konflik, selalu terdapat kesempatan untuk menemukan cahaya di tengah kegelapan. Hanya waktu yang bisa menentukan apakah kebenaran akan membawa kebersamaan atau menghasilkan perpecahan yang tak dapat diperbaiki, tetapi satu hal yang pasti: babak baru telah dimulai, dan taruhannya tidak hanya tentang bisnis semata, melainkan juga tentang makna sejati dari kepercayaan dan pengorbanan.

Bab 11
Pertarungan di Ujung Tanduk

Berita Bisnis: "Revitalisasi Strategis Grup Harsono Dimulai, Langkah Awal Menuju Transformasi Besar Terungkap." Di tengah hiruk-pikuk dunia korporasi yang penuh intrik dan persaingan, Riana, sang eksekutif wanita dengan tekad baja, berdiri di pusat badai. Di ruang pertemuan rahasia sebuah gedung megah di Jakarta – dengan desain arsitektur modern yang menggabungkan elemen kaca dan baja, langit-langit tinggi yang menyinari ruangan dengan pancaran cahaya alami, dan lantai marmer yang memantulkan aura profesionalisme – ia mengumumkan inisiatif strategis revolusioner. Visi transformasi digital dan modernisasi infrastruktur perusahaan yang dipimpinnya jelas tergambar dalam setiap kata yang diucapkannya.

Riana membuka pertemuan dengan suara tegas yang menggema di antara dinding kaca bercorak geometris dan panel-panel teknologi canggih yang menampilkan data real time tentang performa Grup Harsono. "Rekan-rekan," ujar Riana, "kita berada di ambang sejarah baru. Transformasi besar ini bukan sekadar pembaruan teknologi, tetapi merupakan perwujudan nilai-nilai dan semangat yang telah kita pupuk sejak awal berdirinya perusahaan ini." Setiap kata yang keluar dari mulutnya mencerminkan tekad dan keyakinan, meskipun di balik wajahnya tersimpan dilema moral yang terus menghantuinya.

Saat Riana melancarkan paparan strategisnya, suasana ruangan terasa sangat intens. Hadir di ruang pertemuan itu adalah para eksekutif senior, dewan direksi, serta beberapa investor global yang dengan tatapan skeptis menilai prospek transformasi ini. Dalam keremangan lampu-lampu LED yang berpadu sempurna dengan dekorasi minimalis, setiap orang tampak waspada dengan setiap instruksi dan penjelasan detail tentang proyek transformasi digital yang direncanakan. Program ini akan mengintegrasikan kecerdasan buatan untuk optimasi operasional, blockchain untuk transparansi transaksi, serta platform digital yang mendukung kolaborasi lintas fungsi yang lebih efisien.

Di antara hadirin, tampak Arman Prasetyo. Sosok yang selama ini menyimpan sisi ambisiusnya dibalik senyum ramah mulai tampak berbeda. Dengan sorot mata yang tajam dan sikap yang mulai menunjukkan ambisi pribadinya, Arman begitu terfokus pada setiap detail presentasi Riana. Tatapan tersebut mencerminkan keinginan untuk mengambil alih kendali, mencipta momen bersejarah yang sekaligus membuka peluang baru baginya. “Kita harus mempertimbangkan segala kemungkinan risiko, terutama terkait integrasi sistem legacy,” ucap Arman dengan nada yang dingin dan penuh perhitungan, menambahkan nuansa persaingan internal yang tak terhindarkan.

Sementara itu, Tegar, yang baru saja tiba di lokasi dengan langkah mantap, membawa kabar yang mengguncang tatanan kekuasaan dalam perusahaan. Informasi rahasia yang di bawa

Tegar tentang adanya kesepakatan tersembunyi antara sebagian anggota dewan dan investor global membuat ketegangan semakin meningkat. Riana, yang sudah merasakan tekanan dari regulator dan keraguan para investor, menyambut kehadiran Tegar dengan kelegaan yang samar. Dalam benaknya, ingatan akan masa-masa kuliah di Harvard bersama Tegar membangkitkan semangat yang sama seperti dulu.

Kilas Balik

Pada suatu malam yang penuh bintang di lingkungan kampus Harvard yang megah, Riana dan Tegar pernah duduk bersama di bawah pohon ek raksasa di halaman asrama. Mereka merancang proyek kecil namun revolusioner yang bertujuan mengintegrasikan teknologi informasi dan keuangan untuk menciptakan solusi yang adil dan transparan dalam dunia bisnis. "Kita bisa mengubah dunia dengan ide-ide segar kita ini," kata Tegar waktu itu dengan penuh antusiasme. Riana yang masih muda dan idealis membalas, "Mungkin suatu hari nanti, kita akan membuktikan bahwa impian ini bukan hanya omong kosong semata, tetapi pondasi bagi perubahan yang hakiki." Semangat dan idealisme yang mewarnai percakapan itu menjadi inspirasi mendalam bagi Riana. Kini, ketika dihadapkan dengan kenyataan pahit dunia bisnis yang penuh nafsu kekuasaan, ia masih membawa bekal semangat juang tersebut untuk mempertahankan nilai-nilai yang sudah lama dijunjung tinggi.

Seiring berjalannya presentasi, memori masa lalu itu memberikan kekuatan tambahan bagi Riana. Ia mengingat betul bagaimana rencana kecil bersama Tegar sukses memecahkan kebekuan ide dan menyalakan api revolusi di antara kaum muda intelektual Harvard. Namun, saat itu, belum ada bayang-bayang konflik besar yang menunggu di ekor perjalanan Grup Harsono. Kini, negosiasi yang berlangsung tidak hanya soal ide-ide cemerlang, tetapi juga pertarungan untuk mempertahankan identitas dan nilai-nilai perusahaan di tengah gejolak globalisasi dan intrik korporasi.

Kembali ke masa kini, ketegangan di ruangan pertemuan semakin menegangkan ketika Bima, salah satu anggota dewan yang dulu dianggap loyal, secara tiba-tiba bangkit dengan pernyataan yang mengejutkan. "Riana, keputusan Anda untuk mengandalkan transformasi digital ini terlalu berani dan berisiko," serunya dengan suara lantang, memecahkan keheningan ruangan. "Kita harus memperhitungkan keamanan finansial dan kelangsungan nilai perusahaan, bukan hanya ambisi pribadi!"

Suasana yang tadinya kondusif berubah menjadi medan pertempuran ideologi dan kekuasaan. Riana, dengan ekspresi tenang namun penuh kebimbangan, merespons dengan tegas. "Bima, saya paham kekhawatiran Anda. Namun, kemajuan tidak bisa dicapai tanpa keberanian dan inovasi. Kita telah berada pada titik kritis, dan waktu tidak berpihak kepada mereka yang ragu. Saatnya bertindak dan mempertaruhkan segalanya demi masa depan perusahaan kita." Dialog yang penuh intensitas ini menyulut perdebatan sengit di antara para anggota dewan, memperlihatkan retorik persaingan di antara ambisi dan idealisme yang mulai terkikis oleh realitas keras pasar.

Setiap kata yang diucapkan oleh Riana tak lepas dari dialog internal yang membara. Di balik wajah tegasnya, terpendam konflik moral yang kompleks. Di satu sisi, ia ingin mempertahankan integritas dan nilai-nilai yang telah lama ia pegang, namun di sisi lain, ia sadar bahwa dunia korporasi tidak mengampuni kelemahan atau ketidaktegasan. Dalam benaknya, bayang-bayang masa lalu bersama Tegar di Harvard terus mengingatkannya pada janji-janji yang pernah diikrarkan di bawah rembulan, "Kita akan mengubah dunia." Namun kini, janji itu diuji oleh kenyataan pahit dari konflik kepentingan dan perebutan kekuasaan internal.

Di ruangan yang semakin penuh, informasi yang dibawa oleh Tegar menjadi titik balik. "Rekan-rekan," ucap Tegar dengan nada serius dan dingin, "saya baru saja menerima laporan mengenai adanya kesepakatan rahasia yang melibatkan beberapa investor global dan sebagian anggota dewan. Rencana transformasi ini sedang diwarnai oleh motif politik dan keuntungan pribadi, bukannya inovasi murni." Ucapan Tegar menciptakan kegemparan di antara hadirin. Suasana yang tadinya penuh keyakinan berubah menjadi kegelisahan. Mata setiap orang tertuju padanya, menanti konfirmasi dan detail lebih lanjut.

Riana menyadari bahwa ia telah berada di ambang jurang antara keberhasilan dan kehancuran. Di satu sisi, transformasi digital ini adalah harapan besar untuk menyelamatkan reputasi dan nilai perusahaan, namun di sisi lain, keraguan dan pengkhianatan internal semakin menggerogoti fondasi yang telah ia bangun dengan susah payah. "Kita harus bersatu dan menghadapi realitas ini bersama-sama," katanya dalam nada lembut namun penuh determinasi, mencoba merekonsiliasi setiap konflik yang mencuat di hadapan mata semua pihak. "Proyek ini bukan hanya tentang teknologi, tetapi tentang kepercayaan dan komitmen kita terhadap masa depan yang lebih baik."

Dalam pertemuan itu, setiap elemen kunci perusahaan terlihat memainkan peran strategisnya. Chairul, kepala departemen IT, dengan penuh antusiasme menjelaskan detail teknis tentang penerapan kecerdasan buatan untuk mempercepat proses bisnis, yang dirancang untuk mengurangi birokrasi dan mendorong efisiensi. "Kami akan menerapkan sistem analitik canggih yang mampu mengolah data real time dari seluruh lini operasi. Sistem ini tidak hanya akan mengidentifikasi potensi permasalahan sebelum terjadi, tetapi juga memberikan solusi secara proaktif melalui machine learning," jelas Chairul, membuat para investor dan eksekutif lainnya terpukau oleh inovasi yang ditawarkan.

Deskripsi detail tentang proyek transformasi digital menjadi semakin jelas. Sistem tersebut mencakup tiga komponen utama: modul analitik prediktif yang akan merevolusi pengambilan keputusan, platform integrasi data berbasis cloud yang menjamin keamanan dan kemudahan akses informasi, serta dashboard monitoring yang interaktif untuk evaluasi performa secara langsung. Inilah proyek unggulan yang diusung oleh Riana, yang diharapkan mampu membawa perusahaan ke garis depan persaingan global. Setiap elemen dalam proyek ini tidak hanya dirancang untuk meningkatkan performa internal, tetapi juga untuk membangun kembali kepercayaan para investor yang telah kehilangan harapan pada model bisnis lama.

Di tengah perdebatan yang semakin memanas, Riana menemukan dirinya terhimpit antara berbagai kepentingan. Pikiran-pikiran yang berkecamuk dalam benaknya terus berputar, mengingatkan pada masa-masa ketika ia dan Tegar di Harvard saling berbagi mimpi dan ambisi besar. "Apakah kita benar-benar siap untuk mengorbankan nilai-nilai idealisme itu demi mengamankan kekuasaan?" bisiknya dalam dialog internal yang tak terdengar oleh siapapun. Perlahan, ia mulai merasakan beban emosional yang tak terduga, sebuah kontradiksi antara keyakinan pribadinya dan tekanan untuk mempertahankan eksistensi perusahaan dalam situasi krisis.

Sementara itu, di luar ruangan pertemuan, hujan mulai turun dengan derasnya, menciptakan irama monoton yang seolah menyatu dengan ketegangan yang melingkupi gedung megah tersebut. Kabut tipis menggulung di sekitar bangunan, menambah kesan dramatis dan misterius pada malam itu. Di balik jendela kaca besar, cakrawala Jakarta terlihat kelabu, mencerminkan suasana hati para eksekutif yang berada di sana.

Ketika pertemuan mencapai puncaknya, Arman yang selama ini diam mulai mengorek runggunan ambisinya. "Riana, dengan segala hormat, strategi ini terlalu berisiko jika kita tidak melibatkan pihak ketiga untuk mitigasi kerugian. Tindakan yang terlalu mendadak bisa membuat investor global mundur selamanya," tegasnya dengan nada yang penuh perhitungan. Sorot matanya menyapu ruangan, menantang setiap orang yang menyimak pembicaraan itu. Dalam percakapannya, tercium aroma ambisi liar yang bisa menggoyahkan fondasi kepercayaan yang selama ini dibangun dengan penuh kerja keras.

Menanggapi tantangan itu, Riana berhadapan langsung dengan Arman. "Arman, saya menghargai masukan Anda. Namun, dalam setiap transformasi besar, selalu ada risiko yang harus kita hadapi. Kita tidak bisa terus berdiam diri dengan permainan politik internal tanpa menunjukkan kekuatan inovasi kita. Saya telah merancang strategi mitigasi risiko yang matang, yang tidak hanya mengandalkan modal finansial, tetapi juga integritas dan komitmen semua pihak," jawab Riana dengan suara yang tegas namun penuh pertimbangan. Dialog ini tidak hanya membuka ruang bagi perbedaan pendapat, tetapi juga mengungkap sisi personal yang mendalam: sebuah perjuangan antara ambisi pribadi dan loyalitas terhadap nilai-nilai perusahaan.

Kamera narasi berpindah kembali ke Tegar yang menyaksikan pertarungan ini dengan ekspresi cemas. Dalam benaknya, ia terus teringat janjinya kepada Riana di bangku kuliah: "Kita harus berani menghadapi badai, apapun konsekuensinya." Kenangan itu memberikan kekuatan baginya, meski ia tahu bahwa situasi ini jauh lebih kompleks dan penuh jebakan. "Aku harus mendukung Riana, karena hanya dengan integritaslah kita bisa mengatasi intrik-intrik yang mengancam keberlangsungan perusahaan," pikir Tegar dengan tekad yang terpancar dari wajahnya.

Sementara pembicaraan internal berlangsung, informasi yang disampaikan oleh Tegar tentang kesepakatan rahasia semakin membuka celah bagi keretakan internal. Data tersebut menunjukkan adanya transaksi mencurigakan antara sejumlah besar saham yang dipertukarkan secara diam-diam, yang diduga melibatkan aktor politik dan kepentingan luar negeri. Informasi ini, jika benar, akan mengguncang tatanan kekuasaan di perusahaan dan bahkan bisa berdampak pada reputasi Grup Harsono di mata investor global. Riana merasakan bahwa waktu semakin mendera dan setiap detik yang berlalu membawa perusahaan lebih dekat ke jurang kehancuran.

Dalam sejenak keheningan yang mencekam, Riana menutup matanya sejenak, mencoba merangkai setiap potongan informasi yang kian rumit dalam benaknya. Dialog internalnya bergema: "Apakah kau masih ingat janji di Harvard? Bahwa perubahan hanya datang dari keberanian menghadapi ketidakpastian? Aku harus bertindak sekarang, meski dengan harga yang sangat mahal." Setiap tarikan napasnya dipenuhi oleh beban besar, namun semangat itu juga memicu kegigihan untuk menghadapi badai masa kini.

Ruang pertemuan yang semula dipenuhi oleh harapan kini berubah menjadi medan pertempuran antara idealisme dan realita kejam dunia bisnis. Suara-suara perdebatan semakin keras, dan setiap kata yang terucap seakan membawa beban sejarah dan impian yang pernah diukir oleh generasi sebelumnya. Di balik semua itu, tercium aroma modernitas yang tercermin dari layar sentuh, hologram data, dan sistem keamanan canggih yang menghiasi setiap sudut ruangan.

Tiba-tiba, tanpa diduga, terdengar suara misterius yang seakan datang dari sistem PA gedung tersebut. Suaranya berat, penuh makna dan membawa bisikan fatal: "Waktu perhitungan telah tiba." Suara itu menggema dengan kekuatan yang membuat seluruh ruangan terdiam. Dalam detik-detik yang mengerikan itu, setiap mata yang hadir tertuju ke arah sumber suara yang tak terlihat, menunggu jawaban atau petunjuk dari arah mana konflik ini akan beranjak ke fase berikutnya.

Riana membuka matanya dengan pandangan yang memancarkan kelelahan sekaligus tekad yang semakin membara. "Inilah titik balik," pikirnya dengan getir. Kini, ia tak memiliki pilihan selain melaju menuju pertarungan besar yang sudah terbayangkan sejak lama. Antara ambisi pribadi, konflik internal, dan intrik investor global, langkah selanjutnya akan menentukan nasib perusahaan—dan tentu saja, nasib dirinya.

Dalam detik-detik terakhir pertemuan, tatapan Arman, Bima, Tegar, dan para eksekutif yang hadir tercermin oleh kekhawatiran dan keraguan. Mereka tahu bahwa setiap keputusan yang diambil hari ini bisa membuka pintu bagi era baru ataupun membawa kehancuran monumental. Sementara perdebatan melanda ruangan dengan intensitas yang tak terelakkan, suara misterius itu menghantui setiap sudut pikiran mereka, menandakan bahwa konfrontasi besar telah mendekat.

Di luar ruangan pertemuan, gemuruh hujan semakin deras, seolah menggambarkan pergolakan jiwa dan keraguan yang membayang di balik setiap keputusan. Di balik kaca-kaca besar gedung modern Jakarta, kota yang tak pernah tidur ini menyaksikan perjuangan para manusia yang berani melawan arus waktu dan kekuasaan. Riana menatap keluar jendela, memikirkan masa depan perusahaan yang dibangun dari mimpi-mimpi idealis di Harvard dan kini harus berhadapan dengan realitas yang penuh intrik.

Sesaat itu, di balik bayangan ambisi dan ketidakpastian, muncul secercah harapan yang samar. Ia menarik napas dalam-dalam, merangkai keberanian yang sudah terukir sejak masa lalu, dan bertekad untuk melangkah maju meskipun dunia di sekelilingnya bergolak. "Kita akan buktikan bahwa nilai-nilai yang telah kita tanamkan tidak akan pernah pudar oleh gemuruh intrik kekuasaan," gumamnya dalam doa dan tekad, meskipun ia tahu tantangan yang mendatang jauh lebih berat.

Ketika rapat pun hampir mencapai penghujungnya, setiap detil kecil di ruangan itu menjadi saksi bisu dari keputusan yang akan menorehkan sejarah besar. Satu per satu, para eksekutif mengirimkan sinyal – baik melalui tatapan, isyarat halus, maupun kata-kata yang menyiratkan peringatan – bahwa pertempuran ini bukanlah sekadar urusan internal, melainkan sebuah peperangan tak terlihat antara nilai-nilai murni dan ambisi yang memabukkan.

Dalam keremangan dan kekacauan yang melanda, ketegangan semakin memuncak. Riana merasakan hentakan jantungnya seirama dengan irama hujan di luar, sebuah irama yang menandakan perubahan nasib sebuah perusahaan besar. Di balik keheningan yang hampir mematikan itu, muncul secercah keputusan yang belum bisa disuarakan secara terbuka, sebuah strategi terakhir yang akan mengungkap siapa di antara mereka yang siap bertaruh segalanya dalam pertarungan di ujung tanduk.

Saat lampu-lampu di ruang pertemuan perlahan meredup, dan bayang-bayang para eksekutif menyatu dengan kegelapan malam Jakarta, hanya tersisa satu pertanyaan yang menggantung di udara: Apakah Riana dan timnya mampu menghadapi konfrontasi besar yang telah lama ditakdirkan, ataukah intrik dan ambisi akan menghancurkan segala yang telah dibangun?

Malam itu, dengan suara misterius yang masih terngiang, masyarakat korporat menyadari bahwa babak baru telah dimulai. Dengan setiap tatapan penuh tanya, dengan setiap senyum tipis penuh rahasia, dan dengan setiap langkah yang diambil, pertarungan sebenarnya telah tiba. Di tengah kegemparan dan keraguan, hanya ada satu kepastian yang tersisa: waktu perhitungan telah tiba, dan tak seorang pun bisa menghindari panggilan takdir.

Riana memandang ke sekeliling ruangan, menatap tatapan tajam Arman, kegetiran Bima, dan keraguan yang terpancar dari Tegar. Di benaknya, ia mengulangi mantra yang telah lama menyemangatinya: "Kesetiaan pada nilai dan tekad yang tulus akan menuntun kita melewati kegelapan." Namun di balik kata-kata itu, ia tahu dengan pasti bahwa setiap detik yang terlewat menambah tekanan yang semakin mencekik, dan setiap keputusan yang diambil akan menetapkan garis batas antara kemenangan dan kekalahan.

Dengan langkah yang perlahan namun pasti, Riana menutup pertemuan tersebut. Ia menyadari bahwa malam ini bukanlah akhir, melainkan jeda sebelum badai yang akan mengguncang seluruh fondasi perusahaan. Sementara para eksekutif mulai meninggalkan ruangan dengan keraguan dan kecemasan tersembunyi, Riana berdiri tegak di hadapan jendela kaca besar, memandang ke arah cakrawala Jakarta yang terbentang luas—sebuah cakrawala yang menyimpan seribu rahasia dan tantangan yang menunggu untuk diungkap.

Begitulah babak baru dimulai. Di tengah gelapnya malam dan derasnya hujan yang terus mengguyur, suara misterius itu masih terngiang dalam setiap pikiran, menandakan bahwa pertempuran yang sebenarnya belum berakhir. Di luar sana, di balik kerlip lampu kota dan gegap gempita modernitas, nasib Grup Harsono dan seluruh para pelaku di dalamnya akan segera terungkap dalam pertarungan yang menentukan masa depan mereka. Kebenaran, intrik, dan ambisi saling bersaing dalam bayang-bayang, menanti detik-detik terakhir sebelum konfrontasi besar benar-benar tercipta.

Dan ketika langkah terakhir diambil, ketika setiap hati berdegup dalam kecemasan dan harapan bersanding dengan ketakutan, maka dunia akan menyaksikan pertarungan di ujung tanduk yang tak terelakkan, sebuah pertempuran yang akan mengubah segalanya. Hingga bab selanjutnya, ketegangan ini tetap menggantung, menanti momen ketika kebenaran akan terbongkar dan nasib semua pihak akan ditentukan oleh hasil pertempuran yang belum tersaji.

Suasana semakin mencekam, dan di antara riuhnya suara keputusan, terdengar lagi suara yang telah menghantui: "Waktu perhitungan telah tiba."

Kehidupan, perangkap ambisi, dan impian masa lalu kini bersatu dalam satu titik kritis. Di balik setiap keinginan dan strategi, tersimpan konflik yang tak terpecahkan. Riana menatap cermin di seberang ruangan, menyaksikan bayangan dirinya yang penuh pertanyaan dan keyakinan. Ia tahu bahwa untuk melangkah lebih jauh, setiap rahasia harus terbongkar, dan setiap pertanyaan harus dijawab dengan keberanian yang tak tergoyahkan. Dalam diam, ia berjanji pada dirinya sendiri bahwa perjuangan ini belum berakhir, dan bahwa pertarungan sesungguhnya baru saja dimulai...

Bab 12
Titik Balik Kehidupan

Di tengah gemerlap lampu kota Singapura yang memantulkan bayang-bayang gedung pencakar langit, ruang rapat modern milik Grup Harsono menyimpan atmosfer intens yang seolah mencerminkan pergolakan batin yang mendalam. Di ruangan yang dipenuhi dengan deretan layar monitor, grafik pertumbuhan, dan proyeksi keuangan, Riana berdiri di depan para dewan direksi, menyuarakan ide-ide restrukturisasi manajemen yang radikal untuk menyelamatkan perusahaan dari krisis yang semakin memburuk. Berita bisnis global pun telah memberitakan, "Struktur Ulang Manajemen Grup Harsono Mengundang Sorotan Global, Langkah Berani Dalam Krisis Terbukti Berhasil." Namun, di balik headline gemilang itu tersimpan beban emosional dan pengorbanan pribadi yang harus ditanggungnya.

Riana, dengan wajah tegas dan mata yang memancarkan keyakinan, memaparkan rencana detailed yang melibatkan analisis SWOT mendalam, evaluasi cash flow, dan penerapan sistem due diligence yang baru. Strategi ini tidak hanya menuntut perombakan pada struktur organisasi, tetapi juga menuntut pengorbanan kepentingan pribadi demi kebaikan keluarga besar Grup Harsono. “Kita harus siap menghadapi tantangan global dengan integrasi manajemen risiko yang lebih solid dan penerapan teknologi pengawasan performa keuangan secara real time," ujarnya dengan nada percaya diri.

Namun, tidak semua anggota direksi mendukung langkah berani tersebut. Di antara mereka, Bima dan Farida menunjukkan keraguan tajam yang seakan menghantui setiap kata yang diucapkan. Bima, yang selama ini dikenal sebagai pelindung tradisi di perusahaan, menekankan bahwa perubahan drastis bisa mengguncang fondasi organisasi yang telah terbangun selama puluhan tahun. Farida, dengan sikap tegas, mempertanyakan apakah langkah tersebut telah melalui proses analisis risiko yang memadai, terutama ketika kondisi pasar global semakin menantang stabilitas keuangan Grup Harsono.

Meski menghadapi reaksi keras, Riana tetap berpegang teguh pada keyakinannya. Ia merasa bahwa visi baru yang jelas dan terstruktur adalah satu-satunya jalan keluar dari krisis. Dalam pertemuan intens di Singapura itu, ia menawar pendekatan strategis yang disertai dengan reformasi internal menyeluruh. Rencana tersebut mencakup merger strategis dengan beberapa entitas global dan peningkatan penggunaan sistem ERP (Enterprise Resource Planning) untuk mengoptimalkan efisiensi operasional. "Restrukturisasi ini adalah investasi jangka panjang. Kita harus melangkah pasti, meskipun berarti harus melepas beberapa kebangkrutan sentimental demi masa depan yang lebih cerah," tegasnya sambil menatap tajam ke arah layar presentasi.

Saat diskusi memanas, Riana terhenti sejenak oleh ingatan mendalam yang tiba-tiba muncul di benaknya. Dalam kilas balik yang mengalir bagai arus waktu, ia teringat pada masa kecilnya yang hangat, di mana sang ayah, Indra, selalu menanamkan nilai-nilai keberanian dan pengorbanan. Di sebuah sore yang tenang, di ruang kecil rumah sederhana mereka, Indra dengan sabar mengajarkan bahwa hidup adalah tentang memilih antara kenyamanan pribadi dan tanggung jawab yang lebih besar. "Nak, kadang kau harus berani melepaskan apa yang kau cintai untuk mencapai sesuatu yang lebih berarti," ujar Indra sambil menatap mata Riana yang masih polos. Ingatan itu seakan menyatu dengan setiap detik di ruang rapat itu—sebuah pendorong batin yang membuatnya tidak gentar meskipun tekanan dari orang-orang terdekatnya.

Sekembalinya pikiran dari masa lalu membawa Riana kembali ke realitas penuh tekanan di Singapura. Di tengah ketegangan, Arman Prasetyo, salah satu eksekutif senior yang selama ini berada di pinggiran kekuasaan, tiba-tiba mengungkapkan ambisinya yang tersembunyi. Dengan suara yang penuh perhitungan dan nada yang nyaris dingin, Arman menyatakan keinginannya untuk mengambil alih posisi strategis dalam struktur baru perusahaan. Pernyataannya tidak hanya mengguncang suasana, tetapi juga menambah lapisan konflik antara visi strategis yang telah dirumuskan Riana dan ambisi pribadi yang mulai mencuat di antara para pemimpin. "Saya rasa, untuk mengimplementasikan perubahan yang radikal ini, kita juga perlu menyusun kembali divisi kepemimpinan. Hanya dengan melakukan re-organisasi total, kita dapat mencapai efisiensi dan sinergi yang maksimal," ujarnya, menambahkan bahwa langkah tersebut sudah seharusnya dimulai sejak lama.

Sekali lagi, suasana ruangan berubah menjadi sebuah arena pertempuran ide dan emosi. Bima, yang sejak awal menolak perubahan dengan keras, semakin mempertahankan posisinya.

Ia merasa bahwa keputusan Riana terlalu berisiko dan tidak mempertimbangkan sejarah perusahaan yang telah dibangun dengan kerja keras bertahun-tahun. "Riana, langkah ini bukan hanya tentang angka-angka dan proyeksi keuangan. Kita berbicara tentang nilai-nilai tradisional yang sudah mengakar. Apakah kau siap mengorbankan identitas perusahaan kita demi statistik semata?" tanya Bima dengan nada mengandung kekecewaan yang mendalam.

Di sisi lain, Farida merasa khawatir akan dampak emosional terhadap karyawan dan keluarga besar Grup Harsono. Ia menganggap bahwa restrukturisasi manajemen yang diusulkan Riana terlalu ambisius dan bisa menimbulkan konflik internal yang tak terhindarkan. "Transformasi perusahaan memang perlu, tetapi pelaksanaan yang terlalu cepat dan tanpa konsultasi menyeluruh bisa mengakibatkan disintegrasi nilai-nilai kekeluargaan yang selama ini menjadi fondasi kita," tambah Farida, memberikan argumen bahwa pendekatan yang lebih lembut dan terukur akan lebih sesuai dalam menghadapi tekanan pasar global yang semakin fluktuatif.

Dalam keheningan yang mencekam, Riana menyadari bahwa setiap keputusan yang diambilnya memiliki konsekuensi yang tak terelakkan. Meski begitu, ia menemukan kekuatan dalam kenangan masa kecilnya. Kembali sejenak pada kilas balik kedua yang mengaitkan masa lalu dengan kondisi saat ini, Riana teringat pada sebuah pertemuan rahasia di kantor pusat beberapa tahun silam. Saat itu, di tengah dinamika internal yang penuh gejolak, ia pernah menyaksikan sendiri betapa lemahnya sistem manajemen lama yang ternyata tidak mampu menghadapi dinamika pasar yang berubah dengan cepat. Ia mengingat pertemuan tersebut, di mana para eksekutif senior duduk melingkar di ruang kecil dengan papan tulis penuh coretan perencanaan strategis. Arman, meskipun belum menunjukkan ambisinya secara eksplisit saat itu, sudah mencerminkan ketidaksabaran dan keinginan untuk berinovasi. Momen tersebut menjadi titik awal munculnya perbedaan pandangan yang kini kembali mengemuka dalam bentuk perdebatan sengit di ruang rapat Singapura.

Riana merasa beban tanggung jawab yang sangat besar bukan hanya karena harus menyelamatkan perusahaan, melainkan juga karena harus menjaga kesinambungan nilai-nilai yang telah diwariskan oleh ayahnya dan leluhur perusahaan. Keputusan berani yang ia ambil adalah hasil dari proses panjang penggalian data, evaluasi mendalam terhadap tren pasar, dan konsultasi ekstensif dengan para ahli manajemen risiko. "Restrukturisasi ini merupakan kombinasi antara merger strategis dan penggunaan sistem ERP yang canggih, yang harus diintegrasikan dengan model bisnis berbasis analisis SWOT," jelasnya kepada dewan. Ia meyakinkan semua pihak bahwa langkah tersebut, meski kontroversial, adalah yang paling tepat untuk membawa Grup Harsono keluar dari lingkaran krisis. Ide-ide tersebut didukung oleh data historis yang menunjukkan bahwa perusahaan harus memiliki fleksibilitas dan adaptabilitas agar bisa bersaing di tingkat global.

Selama beberapa jam, perdebatan terus bergulir di ruang rapat. Setiap argumen disampaikan dengan bahasa yang formal namun penuh emosi, mencerminkan dualitas antara pemikiran rasional dan perasaan pribadi yang membara. Riana, dengan intensitas yang tak terelakkan, berusaha mengaitkan antara strategi bisnis yang canggih dengan nilai-nilai kekeluargaan yang menjadi identitas Grup Harsono. "Saya paham bahwa setiap perubahan akan memunculkan pertanyaan dan ketidakpastian. Namun, saya yakin bahwa keberanian untuk berubah akan membawa kita menuju era baru yang lebih stabil dan sukses. Kita harus bersedia melakukan due diligence secara menyeluruh, dan berani mengambil risiko yang terukur demi kelangsungan perusahaan," pungkasnya dengan suara lantang, yang kemudian mengundang keheningan momen sebelum tanggapan lainnya muncul.

Di luar jendela ruang rapat, langit Senja Singapura menampilkan campuran warna oranye dan ungu, seolah memberi isyarat bahwa setiap akhir adalah awal dari perjalanan baru. Hawa sejuk malam yang mulai mendekat pun seakan mengiringi perpisahan setiap argumen panas yang berkecamuk dalam menghadapi masa depan yang tak pasti. Riana melangkah mendekati jendela besar, menyusuri kerumunan karyawan yang penuh harap namun juga cemas, dan sejenak membiarkan udara malam menyelinap masuk ke dalam pikirannya. Di tengah keheningan itu, ia menatap cakrawala dengan mata yang penuh keyakinan, kemudian berbisik pelan, "Ini bukan akhir, melainkan awal dari kebangkitan baru."

Meski demikian, bayangan ancaman masa lalu terus menghantui setiap sudut pikiran Riana. Ia tahu bahwa konflik internal dan pertarungan kekuasaan di antara para eksekutif belum usai. Bima dan Farida, yang masing-masing menyimpan kekhawatiran mendalam terkait integritas dan stabilitas perusahaan, tak segan-segan mengungkapkan kekhawatiran mereka kembali saat diskusi memasuki fase evaluasi mendalam terhadap strategi exit plan yang mungkin diperlukan jika rencana perubahan tidak berjalan sesuai skenario. "Bagaimana kita akan mengatur struktur subsidiari ketika terjadi penurunan tajam pada indikator pasar? Apakah kita siap melakukan divestasi aktif jika diperlukan?" tanya Bima dengan nada penuh kekhawatiran. Farida menimpali, "Kita memerlukan strategi hedge yang matang dan jaminan modal cadangan yang kuat. Tanpa itu, risiko likuiditas bisa mengancam eksistensi kita."

Riana mendengarkan dengan seksama, mencatat setiap komentar kritis dan menyusun kembali argumen-argumennya yang telah dipersiapkan. Ia mencoba memanfaatkan seluruh pengalaman masa lalu serta pelajaran kedewasaan yang diperoleh dari setiap kegagalan dan kesuksesan. Dengan sabar, ia menjelaskan bahwa setiap komponen restrukturisasi telah melalui proses due diligence yang komprehensif. "Strategi merger dan akuisisi yang kami ajukan juga telah didukung oleh simulasi cash flow yang realistis, serta stress test terhadap berbagai skenario pasar. Kita tidak melangkah tanpa jaminan dan perhitungan yang matang," jelasnya, sambil mengedepankan data dan grafik yang menunjukkan perbandingan performa keuangan sebelum dan sesudah penerapan strategi tersebut.

Waktu seolah berjalan lambat di ruangan rapat itu, di mana setiap detik membawa perubahan baru pada dinamika perdebatan. Arman, yang selama ini hanya berada di pinggiran pertemuan, kini mulai mengambil peran yang lebih dominan. Dengan pendekatan yang lembut namun penuh intrik, ia berargumen bahwa restrukturisasi ini bisa menjadi peluang untuk realokasi aset strategis dan optimasi kinerja perusahaan. "Kita harus mengenali kekuatan internal dan eksternal secara seimbang. Dengan mengintegrasikan metode analisis risiko canggih dan optimalisasi portofolio investasi, saya yakin kita dapat meminimalisir dampak negatif serta meningkatkan nilai perusahaan secara keseluruhan," ujarnya, berusaha membangun konsensus di antara para eksekutif.

Sementara itu, konflik batin Riana tak terlepas dari tekanan yang datang dari warisan keluarganya. Pengorbanan pribadi yang harus ia lakukan untuk mengimplementasikan langkah strategis ini terus menghantui pikirannya. Ia menyadari bahwa setiap kemajuan yang dicapai mungkin harus dituntaskan dengan melepas beberapa kepentingan yang telah lama ia junjung tinggi. Namun, ia juga yakin bahwa setiap pengorbanan itu adalah bagian tak terpisahkan dari proses transformasi menuju era baru. Kepedihan yang sempat ia rasakan ketika harus mengorbankan kebahagiaan pribadinya demi stabilitas perusahaan kembali menyelinap dalam ingatan, namun kali ini berubah menjadi energi positif yang mendorongnya untuk terus maju.

Di tengah diskusi yang kian memanas, Riana mengeluarkan sebuah dokumen final yang merangkum seluruh strategi. Dokumen itu mencantumkan istilah teknis bisnis seperti sinergi operasional, optimalisasi capital structure, dan penerapan strategi diversifikasi. Setiap istilah tersebut diuraikan dengan rinci, menunjukkan bahwa setiap langkah telah diperhitungkan dengan seksama dan terukur. Dengan penuh keyakinan, ia menekankan bahwa reformasi ini bukan sekadar respons terhadap krisis, melainkan sebuah revolusi dalam cara perusahaan memandang masa depan. "Kita harus melangkah dengan kepala dingin dan hati yang tegas. Ini adalah momen krusial, titik balik kehidupan Grup Harsono," katanya seraya menatap setiap wajah dengan intensitas penuh makna.

Seiring berjalannya waktu dalam pertemuan yang tak terhitung jumlahnya, suasana mulai sedikit tenang. Meski masih banyak keraguan yang tersisa, sebagian besar anggota dewan mulai melihat potensi dari visi baru Riana yang menjanjikan. Diskusi yang awalnya penuh dengan ketegangan dan konflik akhirnya berangsur mencapai titik temu. Riana pun merasa bahwa ini adalah saat yang tepat untuk mengambil langkah final yang akan menetapkan masa depan perusahaan.

Sekitar titik tengah pertemuan, salah seorang investor internasional yang hadir melalui konferensi video memberikan dukungannya. Ia memuji pendekatan strategis yang menyeluruh dan integrasi antara teknologi digital dengan analisis tradisional. "Pendekatan inovatif yang kalian lakukan sangat sesuai dengan tren global terkini. Kami melihat ini sebagai langkah maju yang akan mengokohkan posisi Grup Harsono dalam persaingan pasar internasional," ucap investor tersebut, menambahkan beberapa catatan tentang pentingnya diversifikasi risiko dan realignment struktur organisasi.

Mendengar pujian tersebut, semangat Riana semakin menggelora. Namun, ia menyadari bahwa jalan menuju kebangkitan baru tak pernah mudah. Sering kali, bayangan pengkhianatan dari orang-orang yang pernah terlihat setia muncul kembali secara tiba-tiba. Di antara wajah-wajah yang duduk di meja konferensi, terdapat tatapan tajam Bima dan ketidaksetujuan mendalam Farida yang tak sepenuhnya sirna. Bahkan Arman yang sebelumnya mencoba menciptakan konsensus, tampak masih menyimpan agenda pribadinya. Semua ini membuat Riana semakin yakin bahwa meski restrukturisasi telah berhasil memicu kepercayaan sebagian besar pihak, masih ada pertempuran internal yang harus diselesaikan dengan tuntas.

Saat rapat akhirnya memasuki fase penutup, Riana mengumumkan keputusan final bahwa revisi struktur manajemen akan diberlakukan segera, dengan pengawasan intensif selama enam bulan ke depan untuk memastikan bahwa setiap langkah strategis berjalan sesuai rencana. "Kita akan menerapkan prinsip-prinsip lean management dan agile framework untuk menanggapi perubahan pasar secara cepat. Semua unit operasional akan menjalani proses due diligence berkala, dan saya meminta komitmen penuh dari setiap pimpinan untuk mengutamakan kepentingan perusahaan," jelasnya sambil menatap muka setiap anggota tim dengan ketegasan seorang pemimpin yang sudah melewati berbagai badai.

Malam itu, setelah pertemuan berakhir dan lampu-lampu ruang rapat mulai padam satu per satu, Riana berjalan perlahan menyusuri lorong koridor gedung kantor yang sunyi. Pikiran dan perasaannya bergelora antara kelegaan karena berhasil menyatukan visi strategis, dan keraguan yang masih mendera karena harus mengorbankan sebagian hal yang selama ini ia anggap sakral. Setiap langkahnya membawa kenangan akan nasihat ayahnya dan janji-janji bahwa dalam setiap krisis tersembunyi peluang untuk kebangkitan yang lebih besar.

Dalam keheningan malam itu, Riana berhenti sejenak di balkon gedung kantor. Ia menatap jauh ke arah cakrawala Singapura yang diterangi oleh lampu-lampu kota, mengingat betapa besar tanggung jawab yang menggantung di pundaknya. "Ini bukan akhir," gumamnya lirih sambil mengepalkan tangan, "ini adalah awal dari gerakan transformasi yang akan mengukir sejarah baru bagi Grup Harsono dan keluarga besar kita." Suaranya yang penuh keyakinan seolah mengalahkan keraguan yang masih tersisa di benaknya. Ia tahu bahwa setiap keputusan yang telah diambil tidak akan mudah, namun setiap langkah kecil menuju kebangkitan harus dihargai sebagai bagian penting dari perjalanan panjang menuju sukses.

Melangkah kembali ke dalam ruangan kantor yang kini mulai kosong, Riana mengambil secarik kertas catatan yang berbentul di meja kerjanya. Di situ tercatat setiap ide, strategi, dan gambaran masa depan yang telah ia rancang dengan teliti. Ia menuliskan komitmennya dengan tinta yang hampir mengering, mencoret-coret setiap keraguan dengan pernyataan tegas bahwa pengorbanan pribadi adalah bagian tak terpisahkan dari tanggung jawab kepada keluarga dan perusahaan. "Restrukturisasi ini akan memberikan breakthrough yang signifikan pada pertumbuhan perusahaan, menyingkirkan hambatan-hambatan yang telah lama menghalangi inovasi," tulisnya sambil menatap cermin, seolah mencerminkan sosok dirinya yang penuh determinasi.

Sebelum akhirnya malam berubah menjadi pagi, Riana duduk di mejanya dan merenungkan betapa perjalanan hidupnya telah menuntunnya ke titik ini. Ingatan tentang ayah, Indra, kembali menghampiri dengan kehangatan yang mendalam; nasihat dan pengorbanan yang telah ditanamkan sejak kecil kini menjadi sumber kekuatan yang tak ternilai. Ia menyadari bahwa setiap kilas balik itu tidak hanya sekadar memanggil kenangan, tetapi juga menguatkan tekad dalam menghadapi konflik di masa kini. "Aku harus terus melangkah, walaupun jalan ini penuh belokan dan hambatan," pikirnya, mempersiapkan diri untuk menghadapi tantangan berikutnya dengan segala strategi dan keberanian yang telah ia asah selama ini.

Pagi menjelang dengan cepat, dan cahaya fajar mulai menerobos celah-celah gedung tinggi di Singapura. Suasana kantor yang baru saja diselimuti perdebatan kini bertransformasi menjadi sebuah keheningan penuh persiapan untuk hari baru, di mana keputusan strategis yang telah dibuat akan diuji dalam realitas pasar global. Riana menatap layar komputernya, meninjau kembali setiap data dan proyeksi terbaru yang menunjukkan sinyal pemulihan. Meskipun jalan ke depan masih penuh ketidakpastian, ia merasa bahwa titik balik kehidupan ini adalah landasan untuk kebangkitan yang lebih kokoh dan berkelanjutan.

Saat matahari mulai menaiki langit, Riana mempersiapkan diri untuk pertemuan berikutnya yang akan lebih menantang. Sebelum meninggalkan ruang kerjanya, ia membaca sebuah catatan kecil di mejanya yang tertulis dengan tulisan tangan ayahnya: "Keberanian sejati adalah ketika kau memilih untuk mengambil risiko demi kebenaran dan masa depan yang lebih baik." Pesan itu menguatkan tekadnya, membawa harmonisasi antara dunia bisnis yang kompetitif dan nilai-nilai kekeluargaan yang telah melahirkan semangatnya sejak dahulu kala.

Dalam perjalanan menuju ruang rapat berikutnya, Riana menyadari bahwa setiap konflik, setiap perdebatan yang terjadi telah mengantarinya ke sebuah titik dimana perubahan nyata sudah tidak bisa dihindari. Dengan semangat yang tak tergoyahkan, ia pun melangkah mantap, siap menghadapi hari baru yang penuh dengan tantangan strategis. Hatinya telah diisi oleh keyakinan bahwa perombakan manajemen ini, meskipun menuntut pengorbanan dan menghadirkan konflik internal, akan membuka jalan bagi kebangkitan baru yang akan menempatkan Grup Harsono kembali ke puncak kejayaan.

Bab 12: Titik Balik Kehidupan ini pun menutup babak intens sebuah perjalanan bisnis yang penuh drama, konflik, dan pengorbanan. Dalam setiap lekuk perdebatan rapat, terdapat pelajaran tentang kepemimpinan, keberanian, dan komitmen terhadap visi yang lebih besar. Dengan langkah pasti di atas fondasi nilai tradisional dan inovasi modern, Riana dan timnya mengukir sejarah baru—sebuah revolusi yang tak hanya merombak dunia korporat, tetapi juga membentuk jiwa-jiwa para pemimpin untuk bangkit dari krisis dan menatap masa depan dengan penuh harapan.

Di balik gemuruh pertempuran ide dan strategi, terukir jelas bahwa setiap momen flashback ke masa kecil serta pengalaman pahit di masa lalu telah membentuk sosok Riana yang sekarang. Setiap ingatan, setiap pelajaran tentang keberanian dan pengorbanan mengisi relung hatinya, mendorongnya untuk terus berjuang meskipun badai konflik masih menggulung di sekitarnya. Di sinilah titik balik kehidupan yang sejati: sebuah kesempatan untuk mengatasi keterbatasan diri, menyatukan kekuatan seluruh pihak, dan membuka lembaran baru penuh inovasi untuk Grup Harsono.

Dengan langkah tegas dan pandangan mata yang menatap masa depan, Riana pun meninggalkan ruang rapat. Di luar, hiruk pikuk kota Singapura menyambutnya dengan kehangatan dan dinamika kehidupan yang terus berubah. Di serambi gedung tinggi, ia menoleh sejenak, membayangkan sebuah masa depan di mana setiap pengorbanan akan terbayar dengan keberhasilan dan kesejahteraan bersama. “Ini adalah awal dari era baru, di mana keberanian dan inovasi berpadu dalam harmoni yang tak terpisahkan,” pikirnya, sambil merasakan angin malam yang sejuk menyelimuti wajahnya.

Bab 12 pun berakhir dengan perasaan harapan yang membuncah, meninggalkan jejak perjalanan seorang pemimpin yang telah berani menulis nasibnya sendiri di tengah arus perubahan. Di balik setiap statistik, setiap grafik, dan setiap istilah teknis bisnis yang dijabarkan—dari due diligence hingga merger strategis dan analisis risiko—terpancar sebuah keyakinan bahwa masa depan selalu terbentuk oleh keberanian untuk mengambil langkah besar, meskipun harus mengorbankan sebagian kenyamanan pribadi.

Dengan demikian, ketika lampu-lampu kota mulai menyala kembali di fajar yang baru, Grup Harsono bersiap menghadapi hari baru yang penuh tantangan dan peluang. Sementara konflik internal belum sepenuhnya tuntas, fondasi keputusan strategis yang telah ditegakkan oleh Riana memberikan secercah harapan akan sebuah transformasi menyeluruh. Dan bagi Riana sendiri, momen ini adalah perwujudan dari perjalanan panjang—sebuah perjalanan yang dimulai dari ajaran ayahnya, ditempa oleh pengalaman pahit, dan kini menyatu dalam visi masa depan yang lebih gemilang.

Bab 13
Cinta Terlarang di Tengah Badai

Suasana di kafe eksklusif di Singapura terasa sejuk meski dunia di luar sedang dilanda badai gejolak internal. Riana duduk menghadap jendela besar, matanya menatap ribuan lampu kota yang berkilau sambil menyeruput kopi pahit. Di seberang ruangan, Tegar sudah menunggunya dengan tatapan yang penuh harap sekaligus kesedihan. Pertemuan ini bukan sekadar pembicaraan biasa; ini adalah momen di mana takdir pribadinya harus berpaut dengan nasib perusahaan yang tengah rapuh.

"Riana, kita harus memastikan bahwa peluncuran teknologi baru Grup Harsono berjalan lancar," ujar Tegar dengan nada tegas namun penuh keraguan. "Inovasi yang kita tawarkan adalah penawar di tengah krisis internal ini, namun segalanya berubah begitu cepat."

Riana menatap Tegar dengan mata yang menyimpan segala konflik batin. "Aku tahu, Tegar. Tapi bagaimana bisa kita melangkah dengan yakin ketika di satu pihak, tekanan dari dewan semakin meningkat dan masalah integritas proyek muncul begitu mendadak?" katanya pelan, suaranya serak karena beban tanggung jawab yang sangat berat.

Di sela-sela pembicaraan tentang strategi penyelamatan perusahaan, percikan asmara lama yang lama tersembunyi mulai tersingkap. Mereka sama-sama tahu bahwa hubungan mereka telah melewati batasan norma sosial dan status yang selama ini menjaga jarak antar keluarga mereka. Namun, dalam ukuran krisis ini, keakraban yang tidak bisa dihindari telah memaksa mereka untuk bekerja sama demi kebaikan bersama.

Sambil mencoba mengurai benang kusut rencana penyelamatan, Tegar mengungkapkan kekhawatirannya. "Kita terjebak dalam labirin intrik. Dewan mencari kambing hitam untuk masalah integrasi proyek teknologi, dan aku merasa kita berada di titik tengah. Bahkan Sari Malik sudah mengeluarkan pernyataan penyesalan atas tuduhan masa lalu. Apakah itu hanya upaya menenangkan hati, atau ada permainan politik di balik semua ini?"

Suasana kafe menjadi saksi bisu atas pergulatan batin mereka. Riana menutup mata sejenak, mengingat kembali masa-masa awal pertemuan mereka yang terjadi di koridor kampus Harvard. Kilas balik itu muncul sehangat sinar matahari di hari yang penuh harapan, ketika segala sesuatu tampak mungkin meskipun dunia seolah menentang. Pada saat itu, mereka tidak peduli dengan status sosial atau tradisi kekeluargaan; yang ada hanyalah kecocokan jiwa yang terpadu dalam setiap kata yang terucap.

Kilas Balik: Di salah satu lorong perpustakaan Harvard yang megah, Riana sedang mengejar ketertinggalan tugas ketika pandangannya tertumbuk pada sosok Tegar yang sedang berdiskusi hangat dengan seorang profesor. Tatapan matanya yang tajam dan senyum simpul yang muncul ketika Tegar meminjam buku memikat hati Riana, dan tanpa sengaja, mereka pun bertukar kata pertama. "Maaf, saya bisa membantu?" tanya Tegar dengan lembut, membuka percakapan yang kemudian berubah menjadi benih-benih persahabatan. Dari pertemuan singkat itu, tumbuh benih kepercayaan dan kehangatan yang tak terduga. Meski begitu, beban masa depan dan hierarki pendidikan selalu mengintai dalam bayangan, seolah memberi isyarat bahwa segala sesuatu tidak akan pernah sesederhana yang mereka harapkan.

Kembali ke Singapura, obrolan di kafe berlanjut dengan intensitas yang semakin menebal. "Kita harus berani mengambil langkah yang drastis," Riana berkata sambil menatap secercah harapan di mata Tegar. "Perusahaan ini, Grub Harsono, tidak hanya masalah bisnis. Ini tentang integritas, tentang kepercayaan yang selama ini telah dibangun, dan tentang mempertahankan nama baik keluarga kita." Sebuah jeda singkat muncul, di mana hanya keheningan yang menjawab, seolah pun alam semesta turut menyaksikan dilema batin mereka.

Tegar menghela napas panjang, menekan rasa bersalah yang kian menghimpit. "Aku tak bisa menghapus perasaan ini, Riana. Tetapi aku juga tidak bisa membiarkan perusahaan terpuruk hanya karena kita memilih mengikuti kata hati. Kita harus menemukan keseimbangan antara ambisi pribadi dan tanggung jawab profesional." Suaranya merekah dalam nada tegas yang mencoba menyembunyikan keraguan mendalam di dalam dirinya.

Sementara itu, bayang-bayang gelap dari konflik bisnis mulai menyelimuti. Laporan internal menunjukkan adanya penyimpangan data dan indikasi adanya sabotase dari dalam dewan direksi. Isu integritas proyek yang diusung sebagai inovasi baru menjadi titik kritis yang memicu perdebatan sengit di setiap pertemuan dewan. Dalam rapat internal yang diadakan beberapa hari sebelumnya, Tegar dan Riana sempat menyaksikan bagaimana para anggota dewan saling lempar tudingan, setiap kata yang keluar mengiris seperti pedang tajam.

"Kita harus menyusun langkah yang terukur," ujar salah satu anggota dewan dengan nada mencurigakan. "Jika kita tidak bisa menemukan akar masalahnya, maka seluruh upaya kita akan hancur begitu saja." Namun, tidak ada satu pun yang berniat mencari akar masalah dengan jujur—hanya kepentingan pribadi dan rasa takut akan kehilangan posisi yang membuat dialog itu berputar tak jua.

Di tengah pusaran intrik tersebut, peran Sari Malik menjadi semakin signifikan. Ia, yang dahulu menjadi tokoh yang kuat dalam menuduh Tegar dan Riana atas keterlibatan dalam skandal masa lalu, kini berubah sikap. Dengan suara lembut namun penuh penyesalan, Sari pun mengumumkan bahwa tuduhan-tuduhan itu adalah sebuah kekeliruan yang tak bisa dihindari di tengah tekanan politik internal. "Aku menyesal atas apa yang telah terjadi," kata Sari Malik di depan dewan yang terdiam. "Namun saya berharap kita semua bisa melangkah bersama untuk memperbaiki keadaan, tanpa ada beban masa lalu yang harus terus menghantui kita." Pengakuan itu memicu kecanggungan di antara para anggota dewan, memecah belah simpati yang sebelumnya condong ke salah satu pihak.

Setelah pertemuan rapat itu, Tegar dan Riana kembali bertemu secara diam-diam di kafe itu. "Apa arti penyesalan itu jika tidak mampu menghapus luka masa lalu?" bisik Tegar, matanya berkaca-kaca. Riana pun menganggguk pelan, merasakan beban yang sama dalam hati. "Kita harus lebih kuat, Tegar. Mungkin cinta kita inilah yang bisa menjadi kunci untuk menyatukan kembali kepingan-kepingan perusahaan ini. Tapi, aku selalu takut bahwa ketika badai mereda, kita akan kehilangan semua ini—baik dalam cinta maupun pekerjaan," jawabnya lirih dengan campuran kepercayaan dan ketakutan.

Sore itu, langit Singapura yang mulai meredup seolah mencerminkan perasaan mereka yang sedang berada di persimpangan jalan antara harapan dan keputusasaan. Mereka berdua menyadari bahwa setiap keputusan yang diambil tidak hanya akan menentukan nasib perusahaan, tetapi juga arah perjalanan emosional mereka. Dialog internal di antara keduanya berlangsung panjang dan penuh nuansa.

"Aku kadang bertanya-tanya, apakah kita berani mengorbankan segalanya yang kita cintai demi sebuah impian?" pikir Tegar dalam keheningan batinnya, merasakan deru detak jantungnya seolah mengiringi setiap kata yang belum terucap. "Kita telah menelusuri masa lalu dan masa kini dengan segala risiko, namun ke mana lagi langkah kita menuju masa depan?"

Riana, yang selama ini menahan rahasia keraguannya, menyadari bahwa hubungan terlarang ini telah melebur dalam setiap helaan nafasnya. "Apakah cinta yang tumbuh di tengah krisis ini akan mampu menembus segala rintangan? Ataukah kita hanya akan terjebak dalam labirin kekecewaan dan pengkhianatan?" pertanyaan itu menghantui pikirannya, seakan membentuk bayang-bayang yang terus menghantui setiap gerak kakinya.

Dalam percakapan yang terus bergulir, ide demi ide tentang penyelamatan perusahaan muatlah di antara kata-kata lembut yang saling bisik dan tawa kecil yang tak pernah sepenuhnya menghilangkan kekhawatiran. Mereka membahas strategi mitigasi risiko, diversifikasi investasi, dan bagaimana membangun kembali kepercayaan dengan para pemangku kepentingan, sambil secara bersamaan menghadapi konflik batin yang semakin memuncak. "Kita butuh sinergi, Tegar. Aku tak ingin melihat perusahaan ini keruntuhan tanpa adanya percikan harapan. Mungkin cinta kita—meski tersembunyi di balik tabir kerahasiaan—bisa menjadi simbol integritas dan semangat keberanian," kata Riana dengan tatapan penuh keyakinan.

Tegar menganggguk, seolah menemukan kekuatan baru dari kata-kata Riana. "Aku setuju. Mungkin inilah waktu kita untuk keluar dari bayang-bayang masa lalu dan membuktikan bahwa cinta dan profesionalisme bisa berpadu. Namun, jalannya takkan mudah. Aku takut bahwa setiap langkah kita akan dimaknakan oleh kebencian dan prasangka, terutama dari pihak-pihak yang telah lama merajut intrik di balik layar," jawabnya sambil menatap cangkir kopinya yang kini telah dingin.

Di tengah hiruk-pikuk pamor bisnis yang semakin memuncak, sukma mereka pun teringat pada janji yang pernah dibuat tanpa disadari di koridor Harvard. Ingatan tentang tawa ringan di antara tumpukan buku, kata-kata sederhana yang menyentuh hati, dan momen di mana dunia terasa begitu terbuka bagi mimpi-mimpi mereka. Kilas balik itu semakin menguatkan tekad mereka untuk tidak hanya mempertahankan perusahaan, tetapi juga mempertahankan cinta yang telah tumbuh walau harus diselubungi rahasia demi kehormatan keluarga.

Sementara itu, di ruang rapat yang jauh dari mata publik, konflik bisnis semakin memuncak. Anggota dewan yang sebelumnya saling bersitegang kini mulai menetapkan strategi baru, mencari tahu siapa di antara mereka yang sebenarnya ingin menguasai kendali penuh terhadap proyek teknologi tersebut. Dalam pertemuan rahasia yang berlangsung tanpa dokumentasi resmi, terdengar percakapan yang sarat akan intrik dan ambisi.

"Kita harus menemukan kebenaran di balik adanya penyimpangan data ini, dan jika perlu, lakukan pembersihan internal," ujar salah satu direktur senior dengan nada yang penuh ancaman. "Namun kita harus hati-hati, karena mungkin saja orang-orang yang kita anggap musuh justru memiliki jaringan yang lebih kuat daripada yang kita bayangkan."

Diskusi itu menggambarkan betapa rapuhnya fondasi kekuasaan di dalam perusahaan besar seperti Grup Harsono. Dalam sekejap, seluruh sistem yang sebelumnya kokoh pun mulai retak, memberi ruang bagi ambisi pribadi yang berpotensi mengguncang tatanan lama. Di antara riuh rendah argumen-argumen tegas, bayang-bayang kesetiaan dan pengkhianatan saling berbenturan, membawa perusahaan ke ambang kehancuran.

Kembali ke kafe, Riana dan Tegar mendiskusikan bagaimana mereka harus tampil lebih bijak dalam menghadapi situasi yang semakin kompleks. "Kita berada di persimpangan jalan yang tidak hanya menyangkut karier dan perusahaan, tetapi juga integritas diri kita sendiri. Aku khawatir jika kita membuka terlalu banyak rahasia, konsekuensinya akan menghantui kita di kemudian hari," ujar Riana sambil menyeruput kopi hangatnya, mencoba menguatkan dirinya dengan keyakinan yang rapuh.

Tegar menyemangati, "Kita akan mencari jalan keluar bersama. Aku percaya bahwa dari krisis ini, akan muncul solusi yang tak terduga. Namun untuk itu, kita harus terus menguatkan tekad dan bersiap menghadapi semua konsekuensinya—baik di ranah bisnis maupun kehidupan pribadi."

Diskusi itu membawa mereka ke titik klimaks konflik personal, di mana rasa bersalah, harapan, dan ketakutan bersaing dalam setiap kata yang terucap. Mereka menyadari bahwa cinta mereka, yang lahir dari pertemuan takdir di masa lalu, kini harus diuji dalam teriknya badai yang mengguncang dunia korporat modern. Di balik setiap senyum yang dipaksakan, tersimpan kepedihan akibat pilihan yang tak mudah. "Aku terjebak antara hasrat untuk mencintai dan kewajiban untuk menjaga nama baik keluarga," gumam Riana dalam kalimat yang hampir tak terdengar. "Setiap detik, aku merasa kita semakin melangkah ke jurang yang tidak hanya bisa menghancurkan impian kita, tetapi juga merusak masa depan perusahaan ini."

Tegar mencoba menguatkan pandangannya dengan penuh kelembutan, "Setiap langkah kita memang penuh risiko, namun aku percaya bahwa kejujuran pada diri sendiri dan komitmen kita untuk memperbaiki keadaan adalah kunci untuk keluar dari kegelapan ini. Aku tahu, mereka di luar sana—anggota dewan, pesaing dalam politik korporat—mereka tidak akan berhenti sampai mereka mendapatkan apa yang mereka inginkan. Tetapi kita, dengan cinta kita dan tekad yang tulus, bisa menjadi kekuatan yang melampaui kepentingan pribadi."

Dalam keheningan yang mendalam, keduanya saling bertatapan. Tatapan itu menyimpan seribu cerita yang tak mampu diungkapkan dengan kata-kata. Mereka tidak lagi hanya sekedar rekan bisnis, melainkan dua jiwa yang saling menantang takdir, mencoba menggenggam secercah harapan di tengah derasnya badai yang akan datang. Malam itu, di luar jendela kafe, hujan mulai turun dengan lembut, seolah menjadi saksi bisu dari dilema dan keindahan cinta terlarang mereka.

Waktu terus berjalan, dan situasi di dalam perusahaan semakin memanas. Ketika langkah-langkah strategis telah disusun untuk menjinakkan amarah para pemegang saham, Tegar dan Riana menyadari bahwa keputusan yang akan mereka ambil tidak hanya akan menentukan nasib Grup Harsono, tetapi juga mengguratkan jejak tak terhapuskan dalam kehidupan mereka.

"Kita harus terus berjalan meski jalan ini penuh liku dan pengorbanan. Aku siap menanggung segala konsekuensi, baik untuk perusahaan maupun untuk cinta kita," ucap Tegar dengan keyakinan yang tercampur dengan getirnya pengalaman masa lalu.

Sementara itu, di ruang sibuk dewan direksi, Sari Malik terus mengawasi setiap gerakan. Penyesalan atas tuduhan masa lalu tidak cukup untuk membalikkan opini publik yang telah terlanjur terbentuk. Namun, dalam keputusasaan itu, ia melihat secercah peluang untuk menebus kesalahan. "Ini adalah kesempatan untuk membuktikan bahwa saya mampu berubah, bahwa saya bisa menjadi bagian dari solusi, bukan masalah," pikirnya samar, meskipun dirinya masih diliputi perasaan bersalah yang mendalam.

Babak klimaks dari konflik bisnis pun tiba ketika sebuah rapat dewan digelar secara mendadak. Di ruangan rapat yang megah namun dingin, para pemimpin perusahaan saling mempertanyakan integritas dan komitmen satu sama lain. Tegar pun hadir sebagai juru bicara yang ditunjuk untuk menyampaikan rencana bersama Riana dalam menyelamatkan proyek teknologi. "Kami mengajak semua pihak untuk melihat lebih jauh dari permasalahan kecil, untuk mengingatkan diri bahwa kita semua pernah memiliki mimpi dan harapan yang besar bagi masa depan perusahaan ini," ujar Tegar dengan suara yang menggema di seluruh ruangan, berusaha meredam atmosfer tegang yang mulai menyelimuti.

Saat pertemuan itu mencapai puncaknya, Riana tiba-tiba berdiri, tatapan matanya menembus setiap hadirin yang hadir. "Saya percaya bahwa setiap kita, terlepas dari kesalahan atau penyesalan yang pernah terjadi, berhak mendapatkan kesempatan untuk memperbaiki segalanya. Cinta, integritas, dan keberanian adalah fondasi yang tidak akan pernah runtuh selama kita bersatu," ucapnya dengan suara tegas, menyemangati seluruh dewan untuk kembali bersatu demi sebuah tujuan yang lebih besar. Ucapan itu seolah menjadi titik balik yang meredakan ketegangan sejenak, memberikan ruang bagi harapan baru di antara lubuk hati yang telah lama terluka.

Setelah rapat selesai, suasana perusahaan berubah. Para anggota dewan mulai menyadari bahwa keberhasilan peluncuran teknologi baru bukan cuma soal angka atau keuntungan semata, melainkan juga cermin dari integritas dan tanggung jawab moral yang harus dipertahankan. Namun, di balik perubahan yang tampak itu, Tegar dan Riana menyimpan rahasia yang terus menghantui setiap pertemuan rahasia mereka.

Malam itu, setelah semua perdebatan redaksi usai dan ambang jalan menuju masa depan tampak sedikit lebih terang, Riana dan Tegar kembali bertemu di sebuah lorong sepi di gedung kantor pusat. Di sana, dalam keheningan yang hanya diisi suara detak jam dinding, mereka saling menatap dengan penuh perasaan yang tak terungkapkan dengan kata-kata.

"Aku masih merasa bahwa setiap langkah yang kita ambil membawa serta bayang-bayang masa lalu. Mungkin cinta kita memang terlarang, tapi entah bagaimana, aku percaya bahwa di balik setiap badai selalu ada pelangi yang menanti," ucap Riana dengan lirih, menyiratkan campuran harapan dan ketakutan.

Tegar menatapnya dalam-dalam. "Aku juga merasakan hal yang sama. Walaupun kita harus menjalani hari dengan setiap konflik yang terus bertambah, aku mengetahui bahwa cinta kita—semacam kekuatan terlarang—adalah sesuatu yang patut diperjuangkan. Kita bisa membuktikan bahwa integritas dan keberanian akan selalu menang, meskipun segala sesuatunya tampak mustahil," jawabnya dengan keyakinan yang perlahan menguatkan kedua hati.

Di tengah angin badai yang berhembus lembut di luar, dua jiwa yang terikat oleh rahasia dan tugas berat pun menyadari bahwa setiap pilihan membawa konsekuensi yang sulit. Namun, mereka juga tahu bahwa dalam setiap konflik, terlepas dari segala penderitaan dan risiko, terdapat kesempatan untuk tumbuh dan berubah. Setiap tatapan bersalah, setiap harapan yang tersembunyi, dan setiap ketakutan yang menggelayut dalam diri mereka menjadi pengingat akan betapa mahalnya harga sebuah cinta yang terlarang.

Saat malam semakin larut, kafe yang menjadi saksi bisu pertemuan rahasia mereka mulai sepi. Riana dan Tegar pun mengucap perpisahan dengan pelukan singkat yang penuh makna, seolah menyegel janji untuk bertemu kembali dalam perjuangan mereka. Di luar gedung, hujan semakin deras, mencuci segala noda kesalahan dan mengantarkan keduanya pada sebuah titik balik yang tak terduga.

Langkah demi langkah, perjalanan mereka pun semakin terjal di tengah badai konflik pribadi dan bisnis. Meski segala risiko dan intrik seakan menggiring ke titik kehancuran, ada secercah harapan yang terus menyala—harapan bahwa suatu saat, cinta mereka yang terlarang bisa menjadi jembatan yang menghubungkan kepentingan pribadi dengan tanggung jawab profesional. Dalam benak mereka, cinta bukan saja sebuah perasaan, melainkan kekuatan yang mampu mengatasi segala batasan, bahkan dalam dunia yang keras dan penuh kompromi ini.

Bab 13 ini pun diakhiri dengan potret yang penuh haru: dua insan yang saling berpandangan dalam keheningan, menyadari bahwa jalan mereka ke depan sarat akan risiko namun juga diwarnai oleh semangat untuk memperbaiki keadaan. Riana dan Tegar berdiri di ambang masa depan yang penuh misteri, dengan hati yang tegar dan pikiran yang terus bergolak antara keinginan untuk mencinta dan kewajiban untuk bertanggung jawab.

Sebuah pertanyaan menggantung di udara, menyatu dengan desiran angin yang membawa pesan tentang pengorbanan dan keberanian: Akankah cinta terlarang mereka mampu menembus badai masa depan, menyatukan kembali semua kepingan yang terpecah, dan melahirkan sebuah era baru bagi

Grup Harsono? Jawaban itu akan terus bergulir seiring berjalannya waktu, meninggalkan jejak yang tak lekang oleh waktu dalam setiap bisikan harapan dan keberanian yang tertulis di antara pertaruhan hati.

Di balik setiap konflik dan strategi yang disusun, terselip sebuah ironi: bahwa di tengah kekacauan dan penderitaan, selalu ada ruang bagi cinta untuk tumbuh. Mungkin itulah rahasia kehidupan manusia—menghadapi badai dengan sepotong harapan dan sejumput keberanian, meski di tengah keterlarangan dan tabu yang mencekam. Dan bagi Riana dan Tegar, perjalanan ini baru saja dimulai, dengan setiap langkah yang mereka tapaki menjadi saksi bisu akan betapa besar makna pengorbanan demi sebuah kepercayaan dan cinta yang sejati.

Dengan langkah pasti, kedua insan itu melangkah ke dalam malam yang dingin, membawa beban tanggung jawab dan kerinduan akan masa depan yang lebih cerah. Setiap detik yang berlalu adalah pengingat bahwa kehidupan tidak pernah sesederhana memilih antara benar dan salah, melainkan tentang mengambil risiko untuk mempertahankan apa yang kita yakini sebagai fondasi keberadaan diri. Di balik segala kepalsuan dan kejamnya intrik, cinta mereka bersinar sebagai mercusuar yang siap memimpin jalan menuju fajar baru—meski harus dihiasi oleh air mata dan luka mendalam.

Bab 13: Cinta Terlarang di Tengah Badai pun berakhir dengan sebuah klimaks yang menyentuh: dua hati yang bersatu dalam keraguan dan tekad, menantang segala norma demi sebuah harapan untuk masa depan yang lebih baik. Dalam keheningan malam Singapura, di tengah derasnya hujan dan angin dingin, janji yang terukir di antara mereka menjadi saksi bisu atas segala pertempuran batin yang telah mereka lalui, dan akan terus mereka jalani—untuk cinta, untuk integritas, dan untuk masa depan yang tidak hanya milik perusahaan, tetapi juga milik dua jiwa yang berani bermimpi.

Bab 14

Kebenaran yang Terbuang

Malam itu Jakarta terasa lebih sunyi dari biasanya ketika Riana melangkah menyusuri lorong-lorong pekat gedung tua yang menjadi saksi bisu dari sejarah gelap Grup Harsono. Di ruang arsip rahasia yang dipenuhi debu dan aroma kertas usang, ia membuka lembaran demi lembaran dokumen yang selama ini tersembunyi dari pandangan publik. Di setiap runut kata yang tertulis, terungkap fakta-fakta yang mampu mengguncang dunia korporat sekaligus mengoyak fondasi kekeluargaan yang pernah ia percayai.

Dengan tangan gemetar namun tekad yang semakin menguat, Riana menyelami arsip-arsip yang penuh dengan laporan keuangan yang telah dimanipulasi selama lima tahun terakhir. Dokumen-dokumen tersebut tidak hanya menyimpan bukti korupsi dan pengkhianatan, tetapi juga mengungkap hubungan rahasia antara beberapa anggota dewan yang selama ini dianggap bekerja demi kepentingan perusahaan. Setiap lembaran kertas seolah mengisahkan rahasia yang selama ini tersembunyi di balik topeng kesuksesan dan kepercayaan publik.

"Semua yang kita sembunyikan akhirnya harus terungkap," gumam Riana lirih sambil menatap baris demi baris laporan yang menunjukkan adanya manipulasi data dan kejanggalan transaksi keuangan. Di benaknya, terlintas bayangan ayahnya, Indra, yang dahulu selalu mendorongnya untuk mencari kebenaran, meski terkadang dengan cara yang penuh rahasia. Ia teringat bagaimana sosok ayahnya selalu menyimpan rahasia besar, rahasia yang dulu pernah ia anggap sebagai pengorbanan demi kebahagiaan keluarga.

Di antara tumpukan dokumen, sesosok pria muncul dengan langkah cepat menuju ruang arsip. Arman Prasetyo, yang selama ini dikenal sebagai mitra terpercaya namun ternyata menyimpan niat ganda, tiba-tiba berdiri di depannya. “Riana, kau benar-benar berani mencari kebenaran?” tanya Arman dengan suara serak sambil mengamati gerak-geriknya.

Riana menatapnya dengan tatapan campur aduk antara ketakutan dan keberanian. “Arman, aku harus tahu. Aku harus mengungkap semua yang disembunyikan, meski itu berarti menghancurkan apa yang selama ini kita bangun,” jawabnya tegas, meskipun dalam lubuk hatinya bergolak keraguan antara loyalitas terhadap keluarga dan keinginan akan keadilan.

Arman kemudian mengakui, "Selama ini, aku memegang rahasia yang tak boleh diketahui oleh siapa pun. Aku adalah penghubung antara kekuasaan dan rahasia keluarga. Aku tahu apa yang terjadi dari belakang layar, dan kini sudah waktunya kau tahu." Pengakuan Arman pun membuka babak baru dalam perjalanan Riana—sebuah perjalanan yang akan menggali lebih dalam konflik internal yang telah meracuni Grup Harsono.

[Masa Kini]

Di ruang arsip yang sempit, lampu neon berkedip pelan, menambah kesan dramatis pada setiap fakta yang terungkap. Riana, dengan kertas-kertas dan dokumen di hadapan matanya, merasakan deru kehidupan perusahaan berubah menjadi mimpi buruk yang tak terhindarkan. Dalam salah satu dokumen yang ia temukan, terpampang sebuah laporan keuangan yang mencurigakan. Angka-angka yang seolah dimanipulasi dengan teliti mengisyaratkan adanya upaya untuk menutupi praktik korupsi dan penggelapan dana yang telah berlangsung selama lima tahun terakhir.

"Bagaimana bisa mereka berpura-pura menjalankan bisnis yang bersih sementara bayang-bayang dosa itu terus menghantui?" pikir Riana, memandangi tabel-tabel angka dengan tatapan penuh kesadaran akan kenyataan pahit yang mengintai.

Tidak lama kemudian, datang pula kabar yang semakin menambah ketegangan. Farida, saudara sepupu yang selama ini tersisih dan merasa tidak mendapatkan haknya, muncul dalam percakapan telepon yang meledak-ledak. Suaranya penuh kemarahan, "Selama ini kalian menyembunyikan rahasia, dan aku lelah menjadi pion dalam permainan kotor ini. Grup Harsono harus benar-benar berubah, atau aku akan membiarkan semua orang tahu dosa-dosa yang kalian simpan!" ancaman Farida menggema seolah membelah udara tebal yang menyelimuti gedung tua itu.

Sistem yang selama ini dibangun di atas kebohongan mulai retak. Kepercayaan publik yang dulu rapuh kini berada di ambang kehancuran. Riana pun menyadari bahwa setiap rahasia yang terkuak bukan hanya berdampak pada dunia bisnis, tetapi juga akan mengungkap sisi gelap keluarganya sendiri.

Kilas Balik

Ingatan Riana membawa dirinya kembali ke masa kecil yang penuh dengan kenangan manis bersama ayahnya, Indra. Meski Indra dikenal sebagai sosok yang tegas dan keras, selalu ada kehangatan yang tersimpan di balik sikapnya yang penuh rahasia. Ia mengingat bagaimana ayahnya sering kali bercerita tentang pentingnya integritas dan bahwa kebenaran adalah satu-satunya jalan menuju kebahagiaan sejati. Namun, di balik nasihat itu tersimpan pula kisah pengorbanan yang sampai sekarang menjadi misteri bagi Riana.

Saat mereka duduk di ruang tamu kecil rumah di pinggiran kota, Indra pernah berkata, "Riana, dalam hidup ini, ada kalanya kebenaran harus dikorbankan demi melindungi yang kita sayangi. Tapi ingatlah, suatu hari nanti, semua rahasia akan terungkap, dan kau harus siap menghadapinya." Kata-kata itulah yang selalu menghantui Riana ketika ia menghadapi kenyataan pahit di ruang arsip malam itu.

Namun, kenangan itu kini berubah menjadi racun. Semua rahasia yang pernah disembunyikan untuk menjaga keharmonisan keluarga, kini justru menjadi senjata yang dapat menghancurkan segalanya. Riana merasakan betapa rapuhnya ikatan yang seharusnya kokoh, saat bayangan ayahnya yang penuh keraguan mulai menyatu dengan realita korupsi yang merajalela di Grup Harsono.

Masa Kini – Kembali ke Ruang Arsip

Riana mengembalikan fokusnya ke dokumen di depannya. Di antara tumpukan laporan ada catatan-catatan kecil yang mencatat transaksi tersembunyi. Ia mencoba mengurai setiap pola yang ada, berusaha mengaitkan titik-titik yang selama ini tampak terputus. Lampu redup di ruangan itu seolah menantang kehati-hatian setiap langkahnya.

"Ini bukan hanya soal angka-angka, tapi tentang keberanian untuk menghadapi kebenaran yang telah lama kita dustai," pikir Riana dengan tekad yang menguat. Di saat itulah, pintu ruang arsip dibuka dengan suara pelan dan memperlihatkan siluet seorang pria yang sangat dikenalnya.

"Aku datang untuk meluruskan beberapa hal," ujar pria itu, mata yang tampak penuh kelelahan namun menyimpan kesungguhan. Ia adalah Arman Prasetyo, yang baru saja mengungkapkan peran gandanya. "Riana, kau tidak sendiri dalam perjuangan ini. Ada banyak pihak yang mulai mempertanyakan segala sesuatu, dan kebenaran sudah semakin dekat untuk terpampang bagi semua."

Dialog itu menggema dalam keheningan ruangan tua, menimbulkan tanya-tanya yang semakin menguat dalam benak Riana. Di satu sisi, ia merasakan pertolongan dari Arman, namun di sisi lain, ada bayangan manipulasi yang tak pernah ia duga sebelumnya. Ia merasa terjebak dalam pertarungan moral, antara kesetiaan kepada keluarga dan keinginan untuk mengungkap dosa-dosa yang telah lama tersembunyi.

Dengan berbalut keberanian yang baru ditemukan, Riana mulai menyusun strategi. Ia memutuskan untuk menyimpan semua dokumen rahasia yang berhasil dikumpulkan dan menyusunnya dalam sebuah berkas besar yang akan segera dikirimkan kepada pihak yang lebih berwenang. Setiap ketukan keyboard di laptop tua di ruang arsip itu seolah menandai langkah menuju kebenaran yang telah lama terbuang.

"Aku harus melakukan ini untuk keluarga, untuk semua yang telah tertindas," gumamnya, sembari menatap dokumen-dokumen tersebut seolah-olah dia sedang menantang takdir yang telah lama mengikatnya. Dalam benaknya, terbesit pertanyaan moral yang tak berkesudahan: Apakah pengorbanan pribadi dan penghancuran lingkungan bisnis yang selama ini dibangun atas dasar kebohongan sebanding dengan keinginan untuk mencapai keadilan yang sejati?

Kilas Balik – Momen Penuh Konflik

Dalam ingatan yang terpatri kuat, Riana kembali mengenang suatu malam di tahun-tahun awal kariernya, ketika ia masih bekerja di kantor pusat Grup Harsono. Saat itu, ia pernah secara tidak sengaja mendengar percakapan rahasia antara Indra dan salah satu anggota dewan. Suara mereka terdengar tegas meski dibalut kerahasiaan. "Kita harus merelakan beberapa kebenaran, demi kestabilan yang lebih besar," ujar Indra dengan nada yang hampir menyerupai pengakuan dosa. Riana yang masih kecil hanya bisa menyimpan rahasia itu, tanpa mengetahui betapa berharganya kepercayaan dan betapa beratnya beban moral yang harus dipikul.

Di balik kata-kata itu tersimpan rasa malu dan penyesalan yang mendalam. Ia kemudian menyadari bahwa pengorbanan ayahnya tidak semata-mata tentang menciptakan harmoni, melainkan tentang menjaga bayang-bayang kebenaran yang bisa saja menghancurkan seluruh struktur kekeluargaan. Bayangan Indra, sosok yang pernah menjadi panutan sekaligus penuntun, kini menjadi simbol dari semua kompromi yang telah dibuat demi kelangsungan Grup Harsono.

Kembali ke masa kini, perasaan campur aduk antara kerinduan dan kemarahan menghantui Riana. Ia merasa dikhianati oleh keduanya: oleh sistem yang telah mengajarkan kebohongan sebagai norma dan oleh keluarganya sendiri yang pernah ia cintai tanpa syarat. Namun, di tengah segala kesedihan itulah, muncul keberanian yang mendorongnya untuk bangkit. Mimpi buruk tentang masa lalu perlahan digantikan oleh semangat baru untuk mengembalikan keadilan.

Riana mengumpulkan semua dokumen ke dalam sebuah berkas digital yang telah diproteksi dengan password yang kompleks. Sesi rahasia itu berlangsung selama berjam-jam, dengan setiap dokumen membuka lapisan baru dari skandal bisnis yang melibatkan manipulasi laporan keuangan, penggelapan dana, dan intrik tingkat tinggi yang mencakup anggota dewan serta pejabat senior Grup Harsono. Ia berhasil menemukan bukti yang mengaitkan transaksi-transaksi mencurigakan dengan sejumlah nama penting, termasuk beberapa yang pernah dipuji sebagai pahlawan bisnis.

“Ini sudah lebih dari sekadar konflik bisnis. Ini adalah pertarungan antara kebenaran dan kepalsuan, antara integritas dan pengkhianatan,” pikir Riana sambil menatap layar laptopnya. Pada saat yang sama, getaran di teleponnya menandakan adanya pesan penting yang masuk. Sebuah pesan anonim menginformasikan bahwa ada pihak yang juga sedang mengumpulkan bukti-bukti untuk membuka tabir kegelapan Grup Harsono. Pesan itu menambah kepastian bahwa kebenaran, meski terbuang selama ini, semakin mendekati ambang keterbukaan.

Sementara itu, di balik dinding-dinding gedung tua yang penuh rahasia, suara langkah kaki mendekat. Riana berhenti sejenak dan merasa ada sepotong kisah yang belum selesai. Perasaan bahwa dirinya akhirnya telah menjadi pion dalam konflik yang jauh lebih besar membuatnya merenungkan pengorbanan-pengorbanan yang pernah terjadi. Ia teringat bagaimana ayahnya, meskipun keras, selalu berharap bahwa suatu hari nanti kebenaran akan menemukan jalannya sendiri.

"Aku tidak akan membiarkan bayang-bayang masa lalu mengendalikan masa depan," bisiknya, dengan mata yang kini penuh keyakinan keras.

Tepat saat itu, pintu ruang arsip terbuka dengan tenang, dan Farida, wanita yang selama ini merasa tersisih dan terluka, melangkah masuk. Wajahnya menampilkan ketegangan dan kemarahan yang membingungkan, namun begitu juga keinginan kuat untuk memperbaiki keadaan. “Riana, kau harus tahu bahwa selama ini aku menyaksikan ketidakadilan yang berjalan di belakang layar. Aku telah menunggu momen ini untuk bersuara,” ujar Farida dengan nada yang penuh emosi.

Kedua mata mereka bertemu, seolah menantang satu sama lain dalam keheningan yang penuh arti. Farida tidak hanya datang sebagai musuh, melainkan sebagai cermin dari penderitaan yang menimpa banyak pihak di dalam keluarga Harsono. “Kita terjebak dalam jaring kebohongan yang dibuat oleh orang-orang yang seharusnya kita percayai. Tapi aku yakin, bersama dengan kebenaran, kita dapat menggulingkan tirani ini," lanjut Farida, sambil membuka lengan bicaranya yang telah lama terkubur oleh rasa sakit dan kecewa.

Dialog antara Riana dan Farida menjadi titik balik dalam babak konflik kali ini. Farida, yang selama ini merasa tersisih, mulai berbicara tentang dinamika kekuasaan yang selalu mengutamakan keuntungan di atas kebenaran. Sementara Riana, yang selalu bergulat dengan loyalitas keluarga, mulai melepaskan belenggu masa lalu dan membuka diri pada kemungkinan untuk mengubah segalanya. "Aku tahu betapa sulitnya melepaskan segala sesuatu yang selama ini kita simpan demi rasa aman," ujar Riana dengan nada lembut namun mantap, "tetapi sekarang, kita dihadapkan dengan pilihan yang tak bisa ditolak: kebenaran atau terus hidup dalam bayang-bayang rahasia."

Suasana semakin mencekam ketika Arman kembali menyela, "Kita tidak hanya berhadapan dengan kekuatan eksternal, tapi juga dengan konflik internal yang telah mengikis kekuatan kita dari dalam. Jika kebenaran ini benar-benar keluar, maka Grup Harsono akan runtuh, dan tak ada yang tersisa dari kerajaan kebohongan ini." Kata-kata Arman menggema, menambahkan lapisan dilema yang membuat setiap anggota keluarga dan dewan merasa terancam oleh badai pengungkapan yang akan segera melanda.

Riana pun menyadari bahwa di balik arsitektur perusahaan yang megah terdapat jalinan intrik yang begitu rapuh, layaknya kaca yang mudah pecah. Ia mengambil napas dalam-dalam, merasakan getaran keberanian dalam setiap detak jantungnya. "Aku sudah lelah menyimpan rahasia ini untuk selamanya. Saatnya kebenaran melahirkan perubahan," tegasnya, sambil mengamankan file digital yang memuat seluruh bukti manipulasi keuangan dan konspirasi internal.

Dengan langkah mantap, Riana memutuskan untuk mengirimkan file tersebut kepada pihak berwajib melalui saluran rahasia yang telah ia persiapkan sejak lama. Dalam proses tersebut, ia mengalami pergulatan batin antara kesetiaan kepada keluarganya—terutama kenangan akan ayahnya yang penuh pengorbanan—dengan rasa tanggung jawab terhadap masyarakat dan keinginan untuk mengembalikan kepercayaan publik kepada Grup Harsono. Setiap ketukan di keyboard terasa berat, seolah dunia bisnis dan kehidupan pribadinya bergabung dalam satu simpul yang kompleks.

Sementara itu, dalam ruang yang lebih modern di pusat kota Jakarta, manajemen Grup Harsono telah mulai merasakan guncangan akibat kebocoran informasi ini. Pasar saham yang selama ini stabil kini menunjukkan gejolak, mencerminkan kepanikan dan ketidakpastian para investor. Berita bisnis mengenai "Pergeseran Strategis di Grup Harsono: Konflik Internal dan Perombakan Struktur yang Mengejutkan Dunia Korporat" semakin menyebar, membuat setiap orang di perusahaan itu bertanya-tanya tentang masa depan yang tak lagi pasti.

Di tengah badai krisis yang melanda, Riana menyelinap keluar dari gedung tua dengan langkah penuh tekad. Malam itu, di jalanan Jakarta yang basah oleh hujan, ia menyatu dengan bayangan kota yang seakan ikut merasakan getirnya kenyataan. Lampu-lampu jalan yang berkelip-kelip memberikan semangat baru, seolah menandakan bahwa kebenaran, walau terbuang selama ini, kini telah menemukan jalannya untuk bersinar.

Dalam perjalanan pulangnya, pikiran Riana terus melayang pada percakapan dengan ayahnya. "Setiap pengorbanan yang pernah kau lakukan, Ayah, adalah bagian dari perjuangan untuk suatu kebenaran yang lebih besar. Meskipun aku merasakan sakit karena harus memilih antara cinta dan keadilan, aku yakin suatu hari nanti, kebenaran itu akan memberimu kedamaian," bisiknya dalam hati, menyatu dengan derasnya hujan yang menyirami jalanan kota.

Malam itu bukanlah akhir, melainkan awal dari pergulatan yang jauh lebih besar. Di balik gemerlapnya lampu kota dan hiruk pikuk bisnis, terbayang sebuah pertarungan antara moral dan korupsi, antara keberanian untuk berubah dan keinginan untuk mempertahankan apa yang sudah lama tersembunyi. Riana, yang kini telah berubah dari sosok yang ragu menjadi seorang pejuang kebenaran, merasakan bahwa setiap keputusan yang diambilnya adalah langkah menuju pemulihan kepercayaan dan integritas yang selama ini hilang.

Di pagi hari berikutnya, seiring matahari mulai menampakkan sinarnya di cakrawala Jakarta, Riana pun menghadiri sebuah pertemuan rahasia dengan para pejabat dan saksi penting yang telah mengumpulkan berbagai bukti korupsi. Ruangan pertemuan itu dipenuhi ketegangan, dengan wajah-wajah yang menunjukkan kelelahan dan keinginan untuk mengakhiri kekacauan yang telah lama menghantui perusahaan. "Hari ini, kita harus membuka babak baru bagi Grup Harsono," ujar salah satu pejabat senior, sambil menatap Riana yang sudah siap membawa perubahan.

Percakapan demi percakapan berkecamuk, membicarakan dampak dari manipulasi laporan keuangan, intrik internal, dan bahaya yang mengancam keberlangsungan perusahaan. Setiap kata yang terucap memberikan kontribusi pada gambaran besar tentang bagaimana sistem yang dikonstruksi atas kebohongan selama ini mulai runtuh. Di antara semua itu, Riana dengan jelas menyatakan, "Kita tidak bisa terus menutupi kesalahan. Sudah saatnya kebenaran melahirkan perombakan, agar keadilan akhirnya bisa ditegakkan."

Pernyataan itu memicu reaksi beragam. Ada yang tampak lega, ada pula yang mencurigai motif di balik keberanian Riana. Namun, satu hal yang pasti: tidak ada jalan kembali ke masa lalu. Konflik yang telah lama disembunyikan kini menjadi bahan bakar bagi perubahan radikal.

Sementara di ruang arsip, jejak-jejak pemalsuan dan penggelapan dana telah direkam dengan rapi dalam setiap dokumen, di ruang pertemuan itu pula, para saksi dan pejabat pun berikrar untuk memulai pengungkapan lebih jauh. Farida, yang sebelumnya merasa tersisih, kini berdiri sebagai advokat kebenaran. "Kita harus bersama-sama menghentikan kerusakan ini, tidak hanya untuk Grup Harsono, tetapi juga untuk masyarakat yang telah lama terjebak dalam permainan kekuasaan yang tidak adil," ucapnya dengan semangat yang menular.

Dalam beberapa jam itu, setiap kata, setiap data yang terbongkar, dan setiap pengakuan yang disampaikan membentuk narasi baru tentang sebuah sistem yang sudah terlalu lama dibangun di atas fondasi ketidakjujuran. Riana, yang awalnya ragu dan takut, kini merasa bahwa kebenaran adalah senjata yang paling ampuh, meskipun harus menelan pahit getirnya pengkhianatan dan kehilangan. Ia menyadari bahwa keberanian untuk mengungkap rahasia keluarga dan skandal bisnis bukanlah tentang menghancurkan masa lalu, melainkan membuka jalan bagi sebuah masa depan yang lebih adil.

Malam demi malam berlalu dengan persiapan strategis. Riana bersama beberapa rekan yang memiliki kesamaan visi mulai merancang langkah-langkah untuk menyebarkan informasi kebenaran ke seluruh media. Setiap dokumen yang telah ia kumpulkan diubah menjadi narasi yang menggugah hati para investor, regulator, dan bahkan masyarakat umum. Dialog internal yang terjadi dalam benaknya berkisar antara keraguan dan keyakinan, namun satu hal yang tetap ia pegang teguh: kebenaran tidak bisa disembunyikan selamanya.

"Aku pernah mendengar, kebenaran itu seperti cermin. Semakin lama kau menyimpannya di balik debu, semakin kelam bayangannya. Tapi pada akhirnya, cermin itu akan pecah dan mengungkap semua noda yang selama ini kau sembunyikan," pikir Riana, mengenang pesan moral yang pernah disampaikan oleh Indra, ayahnya. Pesan itu kini menjadi pegangan hidupnya.

Dalam sela-sela keheningan malam yang semakin larut, ruangan arsip itu pun seolah menjadi saksi bisu dari sebuah revolusi kecil yang sedang dimulai. Dokumen-dokumen rahasia, yang pernah disembunyikan di balik tumpukan arsip usang, kini menjadi senjata utama dalam pertarungan kebenaran. Riana tahu bahwa setiap langkahnya membawa risiko besar, namun ia merasa bahwa perjuangan untuk mengembalikan keadilan adalah panggilan hidup yang tidak bisa dihindari.

Babak baru dalam sejarah Grup Harsono telah dimulai. Kebenaran yang selama ini terbuang kini bangkit sebagai kekuatan yang mampu menghancurkan sistem korupsi yang telah mengakar. Setiap bisikan ancaman, setiap janji balas dendam yang pernah disematkan dalam bayang-bayang masa lalu, kini berubah menjadi motivasi untuk memperbaiki kerusakan yang telah terjadi.

Dengan segala bukti yang telah terkumpul dan perjuangan yang telah ditempuh, Riana akhirnya menyadari bahwa ia telah berubah dari seorang gadis yang ragu menjadi pejuang kebenaran yang tangguh. Di tengah gejolak politik dan intrik bisnis, ia menemukan kekuatan dalam dirinya untuk menantang ketidakadilan, sekaligus menghargai pengorbanan yang telah ditinggalkan oleh keluarganya.

"Kebenaran mungkin terluka, namun ia tetap mulia," ujar Riana dengan suara yang penuh keyakinan, menutup babak pencarian yang panjang dengan sebuah kesimpulan yang menggugah asa. Bab 14 ini bukanlah akhir dari perjalanan, melainkan awal dari pertarungan yang lebih besar—sebuah pertempuran antara bayang-bayang masa lalu dan cahaya keadilan yang akan menerangi masa depan Grup Harsono.

Dengan langkah yang pasti, Riana melangkah keluar dari gedung tua itu, menuju pagi yang menyingsing di Jakarta. Di setiap sinar matahari yang menerobos, ia melihat cermin dari harapan baru, di mana kebenaran tak lagi terbuang, namun menjadi dasar bagi babak baru yang penuh integritas dan keadilan. Dan dalam hatinya, ia tahu bahwa perjuangan ini baru saja dimulai—perjuangan yang akan menguji ketabahan, mengasah keberanian, dan pada akhirnya, membuktikan bahwa kebenaran adalah cahaya yang tak akan pernah padam meskipun diterpa badai pengkhianatan.

Setelah pertemuan rahasia itu, masyarakat mulai memandang ke arah Grup Harsono dengan sorotan tajam. Media massa mengamati setiap gerak-gerik perusahaan, dan setiap pengungkapan dari dokumen rahasia Riana perlahan membuka luka-luka yang telah lama tertutup. Investor yang dulu percaya pada stabilitas perusahaan kini berbalik menyuarakan kekecewaan mereka, menuntut pertanggungjawaban yang nyata.

Di tengah semakin memburuknya situasi, Riana menyaksikan bagaimana para tokoh yang selama ini menjaga bayang-bayang kebenaran mulai terpojok. Dialog internalnya terus bergulir, seolah setiap pikirannya saling beradu antara penyesalan atas pengkhianatan keluarga dan tekad untuk menata kembali tatanan moral dalam dunia bisnis. "Aku akan meneruskan apa yang telah dimulai oleh ayahku, meskipun harus menempuh jalan yang penuh liku dan darah," pikirnya sambil mengenang aroma hangat kenangan masa kecil yang pernah ia rasakan di rumah bersama keluarga.

Satu hal yang pasti, hari itu Riana bukan lagi gadis yang rapuh dan bimbang. Ia telah tumbuh menjadi seorang wanita yang mampu menembus dinding-dinding kebohongan dan menggali kebenaran hingga ke akar yang paling dalam. Dalam benaknya, terukir keyakinan bahwa setiap tindakan, setiap keputusan, memiliki konsekuensi yang mampu mengubah sejarah—baik dalam dunia bisnis maupun dalam kehidupan pribadinya.

Di tengah segala konflik, intrik, dan racun pengkhianatan, Bab 14: Kebenaran yang Terbuang mengajarkan bahwa setiap rahasia, betapapun dalamnya, pada akhirnya akan kembali menghantui. Riana, yang awalnya diselimuti ketakutan, kini telah menemukan cahayanya sendiri dalam kegelapan. Dengan tekad baja dan semangat yang tak tergoyahkan, ia bersumpah untuk menuntaskan misi yang telah lama tertunda: mengembalikan kepercayaan, memperbaiki sistem yang rusak, dan menegakkan keadilan yang selama ini terkubur di balik lapisan-lapisan pembohongan.

Saat mentari pagi menyemprotkan harumnya ke seluruh penjuru kota, Riana menyusuri jalanan Jakarta dengan pikiran yang semakin jernih. Ia tahu bahwa pertempuran belum selesai, dan banyak musuh masih bersembunyi di balik bayang-bayang masa lalu. Namun, dengan setiap langkahnya, ia mengukir sejarah baru—sebuah sejarah tentang keberanian, pengorbanan, dan kebenaran yang tak akan pernah bisa dipadamkan oleh ketidakadilan.

Bab 14 ini pun ditutup dengan sebuah pernyataan mendalam yang terus terngiang dalam benak Riana: "Semua yang terpendam di balik kebohongan suatu hari nanti akan terungkap. Dan ketika kebenaran itu muncul, tidak ada yang bisa menghentikannya." Dengan begitu, ia melangkah ke masa depan yang penuh tantangan, siap menghadapi segala konsekuensi, dan yakin bahwa di balik semua keretakan dan konflik, selalu ada peluang untuk menata ulang dunia bisnis dan kehidupan keluarga dengan integritas yang baru.

Hari demi hari berlalu, dan kisah pengungkapan skandal Grup Harsono menyebar seperti api yang sulit dipadamkan. Baik di lingkungan korporat Jakarta maupun di meja-meja kerja regulator, desas-desus tentang kejatuhan sistem lama semakin mengguncang pemikiran. Para pejabat mulai mempertimbangkan reformasi menyeluruh, sementara para karyawan, yang selama ini hidup dalam bayang-bayang ketidakpastian, perlahan mulai melihat secercah harapan akan perubahan.

Riana menyadari bahwa tugasnya bukan hanya untuk mengorek kebenaran, tetapi juga untuk menginspirasi orang lain agar tidak takut menghadapi kenyataan yang pahit. “Kebenaran adalah bentuk keberanian tertinggi,” ujarnya kepada sekelompok rekan yang telah setia mendampinginya. “Jika kita dapat bersatu, kita mampu merobohkan tembok kebohongan dan membangun masa depan di atas dasar keadilan.”

Di balik segala konflik dan perbedaan yang ada, satu hal tetap jelas: kebenaran yang terbuang akhirnya menemukan jalannya meskipun harus melewati rintangan dan hujan badai yang menghalangi. Bab 14 mengajarkan bahwa setiap rahasia, meskipun telah lama terkubur, akan muncul ke permukaan dan memaksa kita untuk menghadapi realitas. Dan dalam menghadapi realitas itulah, keberanian sejati menampakkan diri.

Dengan dokumen-dokumen rahasia yang kini tersimpan aman dan bukti-bukti yang tak terbantahkan di tangan, Riana berjalan meninggalkan bayang-bayang masa lalu. Di dalam dirinya, telah tumbuh keyakinan bahwa kebenaran, meskipun sempat terbuang, kini bangkit sebagai pelita yang menerangi jalan bagi perubahan yang lebih besar. Setiap detik yang berlalu mengingatkan bahwa masa depan ditentukan oleh keberanian untuk mengakui kesalahan dan menyongsong kebenaran.

Bab 14: Kebenaran yang Terbuang pun ditutup dengan janji bahwa suatu hari nanti, luka-luka yang ditinggalkan oleh kebohongan akan sembuh, dan keadilan akan menemukan jalannya ke tengah-tengah mereka yang telah terluka. Dengan tatapan yang penuh tekad dan jiwa yang tak lagi gentar, Riana melangkah menuju fajar baru—fajar di mana kebenaran bukan lagi sekadar ilusi yang terpendam, melainkan pondasi yang kokoh bagi keberlanjutan sebuah bangsa dan perusahaan yang pernah terlena dalam bayang-bayang korupsi.

Dan begitulah, dalam keheningan pagi yang nafasnya menyatu dengan harapan, kisah Bab 14 berakhir—sementara bab lainnya menanti untuk ditulis, dengan harapan bahwa di setiap ujung kegelapan, selalu ada cahaya yang siap untuk menuntun kita menuju masa depan yang lebih adil dan murni.

Bab 15
Mahkota Terakhir

Di sebuah aula megah di jantung kota Jakarta, para hadirin terdiam dalam hening yang mencekam. Ruangan itu dipenuhi oleh sinar gemerlap lampu kristal dan hiruk-pikuk para wartawan serta investor global yang berebut liputan. Suasana yang tadinya menggelegar kini berangsur menjadi bisu ketika dewan direksi Grup Harsono naik ke panggung untuk mengumumkan keputusan final yang telah lama ditunggu-tunggu. Dua tahun penuh gejolak, intrik, pengkhianatan, dan ambisi, akhirnya mencapai titik balik yang mengubah tatanan kekuasaan keluarga untuk selamanya.

Pemimpin perusahaan yang telah lama menjadi sosok misterius dan simbol ketegangan, kini harus menyerahkan panggung kekuasaannya kepada seseorang yang selama ini dianggap kontroversial. Dengan suara tegas yang mengguncang ruangan, ketua dewan direksi berkata, "Hari ini, sejarah baru akan ditulis. Kami dengan bangga mengumumkan bahwa Riana Harsono, putri yang telah melewati badai konflik dan pengorbanan, kini dinobatkan sebagai Chief Executive Officer Grup Harsono."

Tepuk tangan gemuruh pecah, namun tak semua reaksi menyatu dalam satu nada kebahagiaan. Di antara kerumunan, terlihat ekspresi kecewa dan cemoohan dari beberapa anggota keluarga besar serta pihak-pihak yang merasa telah diremehkan sepanjang perjalanan panjang perusahaan. Di balik sorotan kamera dan tatapan tajam, ada bening air mata yang mengukir cerita pilu dalam perjalanan hidup Riana. Ia kini harus menanggung beban mahkota pimpinan—mahkota yang tak hanya melambangkan kekuasaan, tetapi juga mengisyaratkan air mata, pengorbanan, dan harga yang harus dibayar.

Di antara kerumunan yang ramai, Tegar Adi berdiri terpaku dengan pandangan yang penuh kecemasan. Sosok yang selama ini menjadi simbol cinta terlarang sekaligus pelengkap ambisi Riana ini, kini terlihat resah akan konsekuensi dari hubungan mereka yang terbongkar oleh publik. Di balik senyuman tegas Riana yang mengisyaratkan kekuatan baru, tersimpan keraguan dan rasa takut yang mendalam dari seorang pria yang cintanya sering terjebak antara idealisme dan kenyataan pahit.

"Riana, apakah kau yakin bisa menanggung semua beban ini?" bisik Tegar pelan, hampir tenggelam dalam riuhnya sorak-sorai. Suaranya mengandung kekhawatiran yang tulus, menggambarkan betapa beratnya harga yang harus dibayar demi cinta dan ambisi.

"Aku telah melewati segala badai, Tegar. Aku tahu betul bahwa setiap keputusan membawa konsekuensi, namun jika ini adalah takdir, aku harus menerimanya," jawab Riana dengan suara yang bergetar, seolah mencoba menenangkan gejolak batinnya yang selama ini mengamuk.

Kilas Balik

Ingatan Riana membawa dirinya melayang kembali ke masa kecilnya di sebuah rumah sederhana milik keluarga Harsono di pinggiran kota. Di sana, ia menghabiskan hari-hari dengan penuh keceriaan bersama sahabat masa kecilnya, Indra, yang kala itu selalu mengajaknya bermimpi tentang masa depan yang lebih baik. Indra adalah sosok yang penuh harapan; wajahnya ceria dan semangatnya yang membara membuatnya selalu menjadi pelipur lara di kala duka.

Saat mereka masih kecil, Riana dan Indra sering duduk berdua di bawah pohon beringin besar di halaman rumah, merajut impian dan tanya jawab tentang arti penting kehidupan. "Suatu hari nanti, aku ingin mengubah dunia, Riana," ujar Indra dengan mata yang bersinar ingin tahu, "Aku ingin membuktikan bahwa kita bisa lebih dari sekadar bayang-bayang masa lalu."

Riana yang polos kala itu hanya tersenyum, namun benak kecilnya telah terpatri sebuah ambisi yang kelak akan membawa ia pada perjalanan hidup yang penuh liku. Namun, takdir memiliki jalan yang sering kali bengkok dan tak terduga; beban kewajiban keluarga dan ambisi bisnis perlahan mulai mendistorsi impian masa kecilnya.

Di masa kuliah, Riana diterima ke universitas ternama di Harvard. Di sana, ia bertemu dengan Tegar Adi, seorang mahasiswa cerdas dengan latar belakang penuh dinamika. Keadaan di negeri orang memberinya ruang untuk mengeksplorasi ide-ide baru, tetapi di balik semua kejeniusan dan ambisi, tersimpan konflik batin yang menghimpit jiwanya.

Dalam sebuah diskusi malam di asrama kampus, Tegar menyampaikan pandangannya yang tajam tentang masa depan dan pilihan hidup. "Kita tidak bisa lari dari takdir, Riana. Tapi kita selalu punya pilihan. Cinta, ambisi, dan pengorbanan—semuanya harus seimbang. Aku percaya bahwa keputusan yang kau buat nanti akan mencerminkan siapa dirimu sebenarnya," ujar Tegar sambil menatap mata Riana yang basah oleh air mata kerinduan dan kesadaran.

Riana terdiam sejenak, merenungi kata-kata Tegar yang bagai petuah untuk jiwa yang sedang bergolak. Namun, perjalanan hidupnya tidak pernah semudah percakapan di malam hari. Day-to-day konflik di lingkungan kampus dan beban tentang tradisi serta loyalitas keluarga semakin menorehkan keretakan pada jiwanya. Di antara tangisan dan tawa, ia selalu ingat akan pesan dari sahabat masa kecilnya, Indra, yang mengajarkannya bahwa setiap pengorbanan memiliki nilainya sendiri.

Waktu terus bergulir dan konflik internal pun semakin intensif. Riana mulai merasakan betapa beratnya beban yang dikenakan oleh tradisi dan ambisi dalam setiap langkahnya. Ia harus memilih antara mengikuti kata hati atau menuruti perintah keluarga yang telah mengukir sejarah bisnis Grup Harsono sejak puluhan tahun yang lalu. Kemudian datang hari ketika ia harus menghadapi pengkhianatan yang tak terbayangkan.

Satu peristiwa yang menggelitik benak terjadi ketika salah satu anggota keluarga, yang selama ini tampak setia namun menyimpan ambisi tersembunyi, mencoba menggoyahkan kepercayaan dewan direksi. Intrik demi intrik memuncak ketika Riana mendapati rahasia yang menghancurkan—pengkhianatan itu mencuat dan memaksa dewan untuk memberlakukan perubahan radikal dalam tatanan kekuasaan keluarga.

"Riana, kau harus memutuskan. Apakah kau akan mengutamakan ambisi pribadi atau mengutamakan keharmonisan bersama?" tanya suara hati yang seolah bergema melalui tiap sudut ruang batinnya. Ia ingat betul malam-malam panjang yang dihabiskan untuk merenung di tepi danau di Harvard, di mana ia berdialog dengan dirinya sendiri tentang arti cinta, tanggung jawab, dan harga pengorbanan.

Malam itu, di sebuah kafe kecil di pinggiran kota Boston, Riana dan Tegar duduk dalam keheningan yang dipenuhi beban masa depan. "Aku merasa seperti terjebak di antara dua dunia, Tegar. Di satu sisi, ada keinginan untuk membuktikan diri dan memimpin, namun di sisi lain, ada rasa takut kehilangan diri yang sebenarnya," ujar Riana dengan nada lirih sambil menatap cangkir kopinya yang perlahan mendingin.

"Riana, setiap keputusan besar selalu diiringi pengorbanan. Aku percaya bahwa di balik keraguan ini, kau akan menemukan kekuatan yang sebenarnya. Jangan pernah lupakan asal-usulmu. Ingatlah Indra dan semua impian masa kecil yang pernah kauusanakan di bawah pohon beringin itu," sahut Tegar penuh keyakinan.

Dialog itu memberikan secercah harapan, meskipun bayang-bayang ambisi dan konflik keluarga selalu mengintai dalam setiap langkah. Riana pun mulai memahami bahwa untuk mencapai puncak kekuasaan yang sejati, transformasi batin harus terjadi terlebih dahulu. Ia harus mengikhlaskan kepedihan masa lalu dan berdamai dengan bayang-bayang pengkhianatan yang pernah menghantui.

Pergolakan Internal dan Deklarasi Baru

Kembali ke masa kini, ruangan aula yang megah itu menjadi saksi dari pergolakan internal dan finalisasi keputusan dewan direksi. Setelah pengumuman itu, suasana riuh di aula perlahan berubah menjadi arena perdebatan yang intens. Sambil berdiri di podium, salah satu anggota dewan, Bima, dengan nada yang agak menantang berkata, "Keputusan ini adalah titik balik, namun admissibilitas dari setiap pengorbanan dan pengkhianatan yang telah terjadi harus tetap dihitung. Kita semua telah kehilangan bagian dari jiwa kita demi kepentingan bersama."

Di sisi lain, Farida—sosok antagonis yang selama ini dianggap asam namun kini menunjukkan penyesalan yang mendalam—mengajukan argumennya dengan nada yang lembut namun tegas, "Kita telah lama terjebak dalam ambisi pribadi. Hari ini, kita menyatukan kembali tekad untuk mengedepankan kebenaran dan kebersamaan. Mungkin inilah saatnya kita belajar dari luka dan mengubahnya menjadi kekuatan yang mendorong kita maju."

Di antara perdebatan itu, Riana merasa semakin terpuruk sekaligus bangkit. Ia tahu bahwa penunjukan dirinya sebagai CEO bukanlah akhir, melainkan awal dari perjalanan panjang untuk membuktikan kepemimpinannya—sebuah perjalanan yang memerlukan pengabdian tanpa pamrih dan kemampuan untuk menyembuhkan luka lama.

Dalam percakapannya dengan Tegar di sela-sela kerumunan para investor, Riana berbisik, "Aku menyadari bahwa setiap keputusan membawa harga yang mahal. Aku harus merangkul luka-luka itu, belajar dari setiap penyesalan, dan menjalani transformasi yang membawa diriku menuju puncak kekuasaan yang sejati."

"Aku tahu, Riana. Tapi ingatlah, kekuatan sejati terletak pada kemampuan untuk mengakui kesalahan dan tumbuh dari dalam. Jangan biarkan bayang-bayang masa lalu menghantuimu," ujar Tegar dengan ketulusan yang menggema di antara suara-suara yang saling bertubrukan.

Tak lama setelah pengumuman itu, dewan direksi mengeluarkan deklarasi yang menyatakan bahwa setiap anggota keluarga harus mengesampingkan ambisi pribadi demi kepentingan bersama. Perintah itu bukan hanya sekadar formalitas, melainkan sebuah tuntutan moral yang harus diterima sebagai bagian dari perjalanan penyembuhan kolektif. Bima dan Farida, yang selama ini menjadi simbol konflik dan pengkhianatan, akhirnya duduk bersama di ruang privat setelah acara usai. Dengan suasana yang hening dan penuh penyesalan, Bima berkata, "Farida, aku menyadari betapa dalamnya luka yang telah kita ciptakan. Ambisi yang kita kejar ternyata telah mengikis nilai sejati kebaikan dalam diri kita."

Farida mengangguk pelan, "Benar, Bima. Kita hanya menyadari bahwa pengkhianatan itu terlalu mahal harganya ketika semua yang kita bangun mulai runtuh. Hari ini, aku belajar bahwa kekeluargaan dan kebenaran haruslah lebih utama daripada ambisi pribadi. Aku menyesal karena tidak sempat melihat bahwa kita sedang kehilangan diri kita sendiri selama ini."

Dialog terakhir antara Bima dan Farida itu menyuarakan pelajaran moral yang mendalam. Mereka berdua memahami bahwa kepemimpinan dan kekuasaan bukan hanya tentang mengelola bisnis, melainkan mengatur dan memulihkan jiwa-jiwa yang terluka. Pelajaran tersebut pun menorehkan bekas yang tak terlupakan di hati mereka, sekaligus menjadi pembuka jalan menuju penyembuhan dan persatuan keluarga besar Harsono.

Puncak Transformasi dan Simbolisme

Mahkota

Saat malam menjelang, langit Jakarta dihiasi dengan warna jingga dan ungu yang seolah mencerminkan ambang batas antara kegelapan dan cahaya. Riana, setelah melalui beragam konflik emosional, berdiri di depan jendela tinggi di ruang pribadinya di gedung pencakar langit pusat bisnis. Di sana, ia menatap cakrawala kota dengan tatapan yang tegas namun penuh kesadaran. Di pundaknya terpahat sebuah mahkota pimpinan yang bukan hanya simbol kekuasaan, tetapi juga lambang pengorbanan tiap tetes air mata dan perjalanan panjang yang penuh liku.

Dengan suara yang hanya didengar oleh dirinya sendiri, Riana berbisik, "Mahkota ini, yang dulu dianggap sebagai beban, kini kuterima sebagai bagian dari jati diriku. Aku tahu bahwa untuk mempertahankan dan melindungi apa yang telah kita bangun, aku harus mengorbankan banyak hal, namun aku juga harus belajar mencintai dan memaafkan, terutama diri sendiri."

Dalam kilas balik yang teratur, terbayang kembali wajah Indra, teman masa kecilnya yang pernah menyemangati setiap langkahnya. Ia mengingat diskusi hangat di bawah pohon beringin, di mana Indra berkata, "Jangan takut untuk bermimpi besar, Riana. Namun, ingatlah bahwa setiap impian memiliki harga, dan harga itu haruslah dibayar dengan ketulusan hati." Pesan itu kini tersimpan mendalam, menjadi motivasi bagi Riana untuk menerima segala kekuatan dan kelemahan yang ada dalam dirinya.

Sementara itu, konflik yang terjadi di tengah ruang korporasi mulai menemukan resolusinya. Para tokoh antagonis yang selama ini telah menolak perubahan mulai mencari kedamaian dalam pengakuan kesalahan dan pembangunan bersama. Riana, dalam pertemuan keuangan dan rapat internal, menegaskan pada setiap orang, "Kita di sini bukan untuk saling menghancurkan, tetapi untuk bersama-sama menulis halaman baru sejarah Grup Harsono. Jika kita mampu melepaskan ambisi pribadi dan menyatukan hati, maka masa depan kita akan lebih gemilang."

Dalam pertemuan itu, dialog demi dialog mengalir dengan intensitas emosi yang tinggi. Salah seorang direktur muda mengungkap, "Kami melihat dalam dirimu, Riana, semangat yang menginspirasi, tetapi bagaimana kau mampu menerima pengorbanan yang begitu besar?" Riana menjawab dengan penuh ketegasan, "Setiap luka mengajarkan kita tentang keberanian. Mahkota ini bukanlah hadiah, melainkan tanggung jawab besar yang diukir oleh air mata dan cinta."

Suasana pertemuan itu menjadi simbol nyata bahwa dalam setiap kepemimpinan terdapat transformasi yang mengubah jiwa. Konflik pribadi dan keangkuhan lama mulai berubah menjadi titik tolak untuk membangun kembali fondasi yang lebih kokoh dan penuh kejujuran. Tak hanya dari dalam, namun dari luar pula, reaksi para pemangku kepentingan global mengkonfirmasi bahwa keputusan dewan direksi adalah langkah penting menuju era baru di dunia bisnis.

Di akhir hari itu, setelah seluruh drama dan intrik pria wanita, Riana menemukan ketenangan dalam kesendirian malam. Ia menyadari bahwa setiap konflik yang membawa derita, setiap pengkhianatan yang menoreh luka, adalah bagian dari proses penyembuhan diri sendiri. Perjalanan dari masa kecil bersama Indra hingga pertemuan kritis di Harvard, dan konflik internal hingga resolusi rapat dewan direksi, semuanya telah membentuk dirinya menjadi pribadi yang kuat, berani, dan penuh empati.

Dengan pandangan tajam ke kejauhan, Riana merenungkan, "Aku telah melalui gelap dan terik. Kini, aku memikul mahkota ini dengan hati yang telah ditempa oleh penderitaan dan cinta. Aku tahu bahwa takdir bukanlah sesuatu yang statis; ia adalah hasil dari pilihan-pilihan berat dan komitmen untuk berubah."

Tegar, yang selama ini mendampinginya tanpa lelah, mendekat dan menepuk bahu Riana. "Kini, kau bukan hanya seorang pemimpin. Kau adalah simbol bahwa kebenaran dan pengorbanan selalu membawa kita ke arah yang lebih mulia. Aku bangga padamu," katanya dengan nada hangat yang meredam segala kecemasan masa lalu.

Dialog itu, meskipun sederhana, menyampaikan pesan bahwa setiap jiwa yang terluka berhak mendapatkan kesempatan untuk bangkit. Janji di antara mereka bukan hanya tentang cinta, tetapi juga tentang keberanian menerima dan memperbaiki kesalahan, membangun kembali kepercayaan yang pernah hancur, dan menegaskan bahwa harga sebuah ambisi adalah manifestasi dari jiwa yang telah berubah.

Di tengah gemerlap kota dan hiruk-pikuk kehidupan yang tak terelakkan, bab terakhir kehidupan Riana pun berakhir dengan sebuah simbolisme mendalam. Mahkota pimpinan yang ia kenakan kini tak lagi terlihat seperti lambang penindasan, melainkan bendera kemenangan seorang putri pemberani yang rela menanggung segala beban demi kehidupan yang lebih baik bagi seluruh keluarga dan perusahaan.

Narasi itu menutup semua konflik dengan transformasi internal setiap karakter utama. Dari Bima dan Farida yang saling mengakui kesalahan dan menatap masa depan dengan hati yang lebih peka, hingga Tegar dan Riana yang bersama-sama menulis babak baru dalam sejarah hidup mereka, semua menyadari bahwa setiap kisah pahit akan berubah menjadi pelajaran berharga apabila diiringi dengan pengampunan dan cinta.

Dengan keberanian yang terpancar dari sorotan matanya, Riana mengakhiri malam itu dengan sepatah kata yang menggema dalam keheningan: "Ini bukanlah akhir, namun awal dari sebuah era. Era di mana kekuatan sejati terletak pada seseorang yang bersedia mengorbankan egonya demi kebenaran dan kemanusiaan."

Dan begitu, di tengah panorama cakrawala Jakarta yang bergemuruh dengan cerita-cerita ambisi, intrik, dan cinta, terukir sebuah sejarah baru. Sejarah yang akan dikenang sebagai titik di mana semua warna kehidupan—gelap dan terang—berkumpul untuk membentuk simfoni keadilan dan ketulusan. Kisah dinobatkannya Riana Harsono sebagai CEO bukan sekadar pengumuman bisnis, melainkan lambang revolusi internal yang menggugah jiwa setiap insan yang pernah merasa terjebak dalam konflik ambisi dan kelemahan manusia.

Dengan tiap langkah yang dilalui, setiap dialog yang terucap, dan setiap kilas balik yang mendalam, Bab 15: Mahkota Terakhir pun mengukir kepada dunia bahwa harga sebuah ambisi selalu tertulis dalam air mata, pengorbanan, dan cinta yang tulus. Dan dalam proses itu, semua jiwa—apakah penyayang, pemberontak, atau pun mereka yang pernah tersesat di ambang ambisi pribadi—bertransformasi menjadi satu: simbol bahwa kebenaran dan kemanusiaan memiliki kekuatan yang tak tergoyahkan.

Di penghujung bab ini, Riana berdiri teguh, menatap cakrawala yang semakin menyala oleh fajar. Ia tahu bahwa perjalanan baru telah dimulai, dan meskipun banyak tantangan menanti, ia siap untuk menulis ulang sejarah keluarganya dengan tinta keberanian dan integritas. Seperti kata-kata yang pernah diucapkan sahabat masa kecilnya, "Kita tak bisa menghindari badai, tapi kita bisa belajar menari di tengah hujan."

Demikianlah, dengan deklarasi baru, pengakuan atas kesalahan, dan tekad untuk menyembuhkan luka lama, keluarga Harsono memasuki babak baru yang lebih penuh makna. Kota, dengan segala gemerlap dan intriknya, menjadi saksi bisu dari perjalanan jiwa seorang putri yang akhirnya menemukan arti sejati dari kepemimpinan: bahwa kekuasaan bukan hanya tentang kehormatan di atas panggung, tetapi tentang kemampuan untuk menyeimbangkan ambisi dengan empati, dan kepentingan pribadi dengan kesejahteraan bersama.

Malam itu, saat bintang mulai menyinari langit Jakarta, terdengar suara hati yang tenang dan meyakinkan dari seorang pemimpin baru. Suara itu menyatakan bahwa meski perjuangan dan konflik telah menguji ketabahan, setiap luka yang terbuka akan menjadi jalan menuju pemulihan, dan setiap pengkhianatan akan mendewasakan jiwanya untuk memaknai arti sebuah mahkota—mahkota terakhir yang bukan sekadar simbol kekuasaan, tetapi warisan abadi dari keberanian dan pengorbanan.

Dengan demikian, Bab 15: Mahkota Terakhir ditutup, meninggalkan pertanyaan abadi pada dunia: Berapakah harga sebuah ambisi, dan apakah kita sanggup membayar dengan air mata demi menyatukan seluruh jiwa yang pernah tersisih? Jawaban atas pertanyaan itu kini terukir dalam sejarah, meninggalkan bayangan yang mendalam bagi setiap insan yang pernah berjuang untuk menemukan kebenaran dalam diri mereka sendiri.

About the Author

Stefani is an independent novel writer known for her captivating storytelling and deeply developed characters. With a rich imagination and keen attention to detail, she crafts stories that evoke strong emotions in her readers.

www.ingramcontent.com/pod-product-compliance
Lightning Source LLC
La Vergne TN
LVHW050851051026
849532LV00006BA/2205